Carole & Clark

DU MÊME AUTEUR

George Best, le cinquième Beatles, *Stock, 2014*
Un printemps 76, *Stock, 2016*
Au cœur des Bleus, *Stock, 2016*
Kornelia, *Stock, 2018*

Vincent Duluc

Carole & Clark

roman

Stock

Ouvrage publié sous la direction de Benoît Heimermann

Photo : © Bettmann/Getty Images
Couverture : Coco bel œil

ISBN 978-2-234-08742-2

1

Comme tous les matins du monde depuis qu'il lui en souvenait, il était monté dans la Lincoln Zephyr avec chauffeur qui serpenterait depuis les hauteurs de son ranch d'Encino jusqu'au bas de la colline, là-bas, à Hollywood. Il prendrait un bout de Mulholland Drive, puis descendrait Sepuvelda Boulevard, longerait le Canyon qui atténuait la lassitude de ces aubes semblables, traverserait Brentwood jusqu'à Culver City et aux studios Selznick, sur Washington Boulevard.

Il avait posé sur le siège ses scènes du jour d'*Autant en emporte le vent*, encore une belle journée pour Vivian Leigh mais seulement trois mots pour sa pomme, vivement que le pensum s'achève et que demain soit vraiment un autre jour. Il n'en pouvait plus de ce film interminable qui enfiévrait l'Amérique ni de David O. Selznick, son producteur qu'il appelait « le connard de juif » ; Monsieur Gable avait ses emportements.

Il avait lissé ses cheveux noirs en arrière, effilé sa moustache, fait glisser un doigt sur ses fausses dents, sommé d'un sourire l'apparition de ses fossettes, qui toujours faisaient oublier ses grandes oreilles ; d'ailleurs, dans la vraie vie du cinéma, il les maintenait collées à l'aide d'une pâte spéciale qui durait le temps de la prise. Ainsi se levait le roi en l'an de grâce 1939, dans la lumière de mars qui doucement s'allongeait, juste avant de partir au boulot et d'arpenter le territoire du glamour, du pouvoir et de l'argent, auquel il faisait l'honneur de sa noblesse.

Le soupçon d'une vie à être regardé comme l'homme qui tenait Scarlett O'Hara dans ses bras commençait sérieusement à agacer Sa Majesté. Son palmarès attestait qu'il n'avait jamais été rétif aux baisers, bientôt trente-huit ans et pas une plainte, mais il aurait volontiers mordu l'Anglaise et soufflé ses grands airs. Il aurait pu aussi la faire glisser hors du chariot pendant le tournage de la grande scène de l'incendie d'Atlanta, mais en vrai Vivian Leigh n'était pas présente ce jour-là, elle n'avait pas encore été choisie pour le rôle. La reproduction de la capitale de la Géorgie s'était embrasée sans elle, et en regardant bien, ce n'était pas Atlanta recréée qui se consumait, mais bien les anciens décors des studios Selznick, la façade d'une maison anglaise, une porte dans la jungle, des vestiges d'un continent imaginaire. Ils brûlaient pour tendre à la vérité de l'histoire et pour permettre aux autres décors du film de s'étendre, plus tard. Puisque Hollywood savait faire plusieurs choses à la fois, on avait réquisitionné les sept caméras en Technicolor de la ville. On avait prévenu les pompiers de rassurer les habitants de Culver City qui allaient composer le numéro d'urgence face à l'ampleur de l'incendie. On avait effacé les traces de *King Kong* et du *Petit Lord Fauntleroy*. On avait fait traverser les figurants ensanglantés et défaits pour dire le chaos et la multitude. On avait réorganisé l'endroit tout en tournant une scène cardinale, la fuite en calèche de Rhett Butler et Scarlett O'Hara passant en ombre chinoise devant le décor qui s'affaissait dans les flammes. Ils tourneraient la scène plus tard, à l'intérieur, devant un drap neutre, sur un chariot à l'arrêt secoué par les techniciens, et tout était comme d'habitude : chaque soir, en se quittant sans se regarder, Clark Gable et Vivian Leigh laissaient derrière eux une terre brûlée.

*

Il lui suffisait d'être le roi d'un quartier pour régner sur le monde des histoires qui commencent quand la lumière s'éteint. Les cinq grands royaumes, la Metro-Goldwyn-Mayer, Paramount, la 20th Century Fox, Warner Bros et RKO, se disputaient l'univers, séparés mais réunis sur quelques kilomètres dans la ville où il ne pleut jamais et où les rêves s'arrêtent juste avant de se perdre dans l'océan, un Eldorado ainsi qu'une Babylone.

Dans les studios de la MGM, Monsieur Gable avait une loge permanente comme un appartement, salon tapissé de cuir rouge, photos-souvenirs accrochées aux murs, dont une caricature de lui-même par Walt Disney, boudoir et salle de bains. Chaque jour, Mademoiselle Lombard lui faisait porter une attention qui lui rappelait qu'elle était son amoureuse, et elle connaissait ses trous de mémoire. C'était souvent une rose rouge déposée dans un vase fin de cristal, juste devant sa photo, près du miroir, à côté des deux colombes empaillées qu'elle lui avait offertes avant le début du tournage, en signe d'amour et de réconciliation. Aux premiers jours de leur vie de couple, pour refermer leurs disputes, Carole Lombard lui faisait livrer de véritables colombes qui annonçaient le cessez-le-feu en roucoulant sans limites ni heures fixes. À la fin, il y en avait trop, il fallait qu'ils envisagent une autre manière de sceller une trêve ou qu'ils achètent une volière.

Mademoiselle Lombard était partout dans la tanière du King; d'un cadeau, d'une photo, d'une fragrance qui rappellerait une étreinte, elle avait organisé l'occupation du territoire le plus attaqué du cinéma mondial, quelques mètres carrés soustraits aux regards, un antre de séducteur qui fermait à clé de l'intérieur. Mais c'était une ligne de front de dentelle, elle vacillait à la première brise d'un parfum annonçant une aventure, même sans transports. Les starlettes qui parvenaient à se glisser dans la roulotte du King n'étaient pas jalouses, l'habilleur du roi et son maquilleur avaient toujours su le bénéfice d'aller prendre un peu l'air, ou alors un café, Monsieur G. n'était jamais très long, prétendait-on.

On prétendait beaucoup de choses, Hollywood laissait autant de place aux belles histoires qu'aux vilains ragots, et il n'aurait plus manqué qu'au bas de la colline on ait rapporté que le King avait une vie ordinaire, pantoufles, soupe du soir et gin-rami. Il était le roi et elle était Carole Lombard, il s'attachait à son sillage le parfum d'une reine ornée de rares rides qui disaient la vie d'une femme derrière l'image du couple américain, poussés ensemble au sommet par leur carrière ou alors par l'amour.

Hollywood entretenait le rêve par l'ascension parallèle d'un type de l'Ohio dégrossi par les femmes et d'une fille qui avait grandi dans ses faubourgs, au pied de sa mythologie. C'était un peu plus que l'histoire d'un homme et d'une femme, parce que pour en arriver là il y avait eu beaucoup d'hommes, des femmes parfois effacées par la multitude, des liaisons qui flattaient leur ego et des romances qu'ils cachaient, des mariages nécessaires, ou même désirés, il n'y avait pas de règle.

Le roi marié s'éloignait difficilement de ses amours de passade, alors qu'une actrice restait poussée par le désir éternel de fuir le mauvais rôle, d'embrasser la lumière, et puis aussi Clark Gable, si possible. Il fallait vivre la fragilité d'une situation qui impliquait d'embrasser Gable sans avoir jamais le mauvais rôle, en restant Carole Lombard, l'une des actrices les mieux payées du cinéma mondial, une femme fantasmée dont la photo s'affichait dans les chambres des hommes, et qui s'était arrachée depuis longtemps au destin des passagères. Devenue la moitié des Gable, elle savait sa vocation et laissait glisser les rumeurs sur sa peau satinée pour confirmer la victoire de la magie sur cette saleté, mais cette fois on disait que Clark était proche de la belle Virginia Grey, et c'était moche parce qu'elle l'aimait bien, cette fille douce. Les ragots la rongeaient par capillarité, un poison qui s'infiltrait des bas-fonds et remontait jusqu'au cœur.

*

Une aube de l'automne précédent elle avait débarqué à la MGM, comme elle le faisait parfois, pour saluer Gable, qui n'était pas dupe et savait tout du grand vent qui s'annonçait, de cette danse jalouse, de cette cérémonie de propriétaire qui la voyait répandre quelques gouttes de son parfum tout autour du roi, jusqu'à la lisière de sa cour, afin qu'il n'oublie pas et afin qu'elles sachent. Ce jour-là, elle avait cherché du regard une jeune fille trop amoureuse dont le front rouge trahissait qu'elle était passée dans la loge du roi, ou qu'elle rêvait de le faire, toute une ambition professionnelle tournée vers quelques gémissements d'alcôve, mais les jeunes filles et les hommes mûrs savaient qu'il n'y avait pas cinquante manières d'arriver à quelque chose, à Hollywood. Carole avait pris moins de temps qu'à l'habitude pour saluer tout le monde, puis elle avait désigné la fille, une danseuse, sans même la montrer du doigt et lancé froidement : « Virez-moi cette pute. Soit elle part, soit Gable part. » Puisque Gable était resté, comme toujours, la starlette avait débarrassé le plancher, le lendemain matin, quand Carole, souriante, était revenue humer l'air allégé de sa victoire provisoire.

Pendant deux jours de mars 1939, Carole allait enfin pouvoir déposer les armes, quitter la jalousie, et Gable laisser le tournage d'*Autant en emporte le vent* dans un recoin de son orgueil : il était l'heure du mariage du roi. Il n'y avait pas eu de faire-part, pas de publication, on n'avait pas réservé de salle de bal, Hollywood vendait du rêve mais avait parfois du mal avec la vraie vie, comme s'il réservait ses grandes cérémonies pour les moments où il faisait semblant. Carole ne porterait pas une robe de Travis Banton ni d'Irene, les deux couturiers qui se disputaient ses élégances, mais un simple tailleur gris, c'était son deuxième mariage et elle n'avait déjà pas mis de robe blanche pour le premier.

Elle ressemblait à une femme qui avait toujours su ce qu'elle voulait.

Elle voulait son cœur en cavalcade, que le vent chaud de Santa Ana fasse voler ses cheveux et que s'éparpillent les pétales, que sa robe aille frôler sa jambe et qu'il soit beau de l'aimer aussi fort. Elle voulait être la femme du roi et qu'il épouse une princesse, mais elle ne voulait pas de tapis rouge sous leurs pas, ni de halo pour éclairer le ciel. Elle voulait l'entendre exhaler son oui sans une caméra, sans une fausse lumière, que dans ce silence rien ne tourne sinon sa tête. Elle voulait l'attirer vers le murmure, que sa déclaration d'amour soit un souffle et qu'il l'embrasse avant d'avoir respiré, que ses larges mains fassent le tour de ses hanches et referment ses fêlures, que ses fossettes se creusent pour lui promettre l'abîme. Elle voulait celui que les autres voyaient et celui qu'elle connaissait, elle voulait qu'il les charme toutes et puis qu'il n'aime qu'elle. Elle voulait qu'il soit un bonhomme ou bien qu'il l'entende, le roi de Hollywood, elle voulait qu'il soit ému de se marier pour la troisième fois et de réaliser que c'était la première fois qu'il n'épousait pas sa mère. Elle voulait que, le lendemain matin, le monde ait changé quand il se lèverait et qu'il apprendrait le mariage de Carole Lombard et de Clark Gable.

2

Le matin du 29 mars 1939, Elle et Lui avaient bondi dans une voiture, aucun convoi d'invités ne les avait suivis et les journalistes avaient desserré leur garde. La plupart étaient à San Francisco à l'invitation de la 20th Century Fox pour la première du biopic sur Alexander Graham Bell, l'éventuel inventeur du téléphone. Quelques autres étaient restés en planque au Beverly Wilshire Hotel, au cas où les futurs mariés passeraient une dernière nuit là où dormaient les célibataires, d'autres encore chez la mère de Carole, à Brentwood, au cas où serait revenue à Carole une nostalgie de sa vie de jeune fille. Personne n'avait soupçonné que Carole et Clark fileraient vers l'Arizona, au sud de Las Vegas, à Kingman, dans la voiture d'Otto Winkler. L'homme était chef de pub à la MGM et l'ami du couple, on ne savait jamais lequel des deux titres avait entraîné l'autre, mais cela faisait un chauffeur de plus pour la longue route, et puis sa femme avait préparé les victuailles, cela permettrait de seulement s'arrêter prendre de l'essence et de n'être pas reconnus en chemin.

Otto Winkler conduisait un coupé DeSoto bleu, équipé d'un *rumble seat* à l'arrière, selon le principe d'un siège supplémentaire à ciel ouvert dans l'espace du coffre. Foulard et lunettes noires, Carole se dissimulait sans se contorsionner. Quelle idée, l'Arizona, il avait fallu partir à 4 heures du matin, on y serait dans l'après-midi. Pendant ce temps, Jill Winkler, l'épouse d'Otto, se promenait dans les rues de Los Angeles au volant de la décapotable de Carole ; elle avait été sa doublure au cinéma, elle le serait aussi le jour du mariage de la star, ses cheveux sous un foulard, le visage mangé par de larges lunettes de soleil, le beau temps d'une fausse piste.

Otto Winkler avait une tête de vrai témoin, un type gentil et sans calcul, aimé de tout le monde, fâché avec personne, une bizarrerie à Los Angeles, *a fortiori* pour un ancien reporter. Ce qu'il avait écrit sur Gable dans le *L.A. Examiner* en 1937 avait poussé l'acteur à demander à la MGM de l'engager. Il était devenu agent publicitaire personnel de Gable, à trente-quatre ans. Le mariage était leur idée et un peu la sienne, aussi, après les secousses de la publication dans *Photoplay*, en décembre 1938, d'un article sur les hommes et les femmes qui vivaient en couple à Hollywood et qui étaient mariés, mais pas ensemble.

C'était malin, les studios passaient leur temps à peindre sur les murs de la ville des affiches géantes de leurs films qui montraient leurs stars dans les bras de partenaires toujours différents, innombrables et peu résistibles, mais il aurait fallu, dans la vraie vie, prétendre que la vie de couple à l'intérieur du mariage était l'essence du songe amoureux. La schizophrénie de la cité plongeait les maîtres des écrans dans la recherche de l'histoire d'amour absolue et dans la dissimulation des élans de leurs acteurs, sur lesquels ils régnaient avec des airs et des contrats de propriétaires, ainsi qu'avec une clause de moralité. À la MGM, Louis B. Mayer portait à la fois le nom de la troisième initiale du studio et un long historique d'enfouissement et d'interdit. Il avait toujours lié la morale et les affaires, et il était devenu le premier Américain à gagner plus d'un million de dollars sur une année, en 1937. Il savait ce qui marchait, les histoires d'amour, bien sûr, mais surtout la famille, les jeunes enfants acteurs, les comédies musicales, les films pour tous les publics, et lui-même se voyait en figure du père, d'ailleurs Elizabeth Taylor raconterait un jour qu'il avait tenté de séduire sa mère. Le petit homme né Meir, à Minsk, avait fui les pogroms de l'Empire russe avec sa famille, à la fin du XIXe siècle, avait ouvert un cinéma à l'est des États-Unis, avait trouvé la fortune à l'Ouest, et à la tête de la MGM dirigeait une ville privée de cinq mille habitants, avec ses trois portes majestueuses, ses soixante-quinze hectares et ses cinquante agents de police, plus que la police de Culver City elle-même. Les policiers de la MGM n'étaient pas là pour fluidifier la circulation sur le domaine, plutôt pour arriver les premiers sur les lieux des frasques des stars du studio, effacer les traces et inventer une histoire. D'accord, Louis B. Mayer avait passé sa vie à tenter en vain de séduire Jean Howard, et Judy Garland affirmerait qu'il lui avait mis la main aux fesses, mais toujours il revenait à la morale. En 1932, il avait exigé que cesse la liaison de Gable avec Joan Crawford quand les deux stars ne se quittaient plus, mariés ailleurs mais réunis par la même fragilité et la même obsession de leur carrière. Louis B. Mayer avait sommé Crawford de choisir entre son prochain film et Gable, puis, constatant que cela n'avait pas suffi, lui avait demandé de choisir entre Gable et sa carrière. Alors ils avaient décidé de moins se montrer, de mieux échapper à la presse et aux espions de la MGM, mais chaque fois qu'elle parvenait à louer secrètement une maison à Malibu, Gable en recevait l'adresse. Elle passait son temps à conseiller aux jeunes actrices de ne jamais tomber amoureuses de l'acteur principal, de ne pas croire à la réalité d'une scène romantique, et à leur assurer que l'émerveillement d'un baiser sur le plateau s'atténuerait en rentrant à la maison, tout cela pour choisir de ne pas suivre ses propres conseils, ou ne pas choisir, peut-être.

Photoplay officialisait ce que personne n'écrivait et ce que le public n'était pas prêt à lire. On découvrait que chaque après-midi Virginia Pine commandait le dîner qu'elle allait partager avec l'acteur George Raft, marié ailleurs. Que Barbara Stanwyck avait construit son ranch à côté de celui de Robert Taylor, et qu'ils allaient même dîner un soir par semaine chez la mère de l'acteur, marié ailleurs. Et que Clark Gable vivait avec Carole Lombard dans un ranch à Encino.

Les studios avaient envisagé les révélations de *Photoplay* comme une manière de tester le degré d'acceptation du public, mais face au scandale et à l'agitation ils avaient dû s'excuser sur-le-champ, s'étaient promis d'entretenir les légendes et de renoncer à la vérité. Les plaintes qui tombaient sur le dos des impurs venaient de la Légion nationale catholique de la décence, des Filles de la Révolution, de la Fédération générale des clubs de femmes ou des Chevaliers de Colomb, une certaine idée de l'Amérique, déjà.

Après la tempête, la MGM avait donné à Otto Winkler un budget sans limites pour dénicher un coin tranquille pour le mariage du couple, et puisqu'il fallait considérer ce repérage sérieusement, il en avait profité pour aller se marier lui-même en Arizona avec Jill, le 18 mars 1939 au Prescott City Hall, dans une ville de six mille habitants. Sur la route du retour, ils étaient tombés sur Kingman, une ville de mille habitants encore mieux retirée du monde, et ils avaient décidé que le mariage royal se tiendrait là, où personne ne viendrait le chercher.

Kingman semble une récompense quand on vient de nulle part, mais elle n'est pas le signe qu'on en est sorti, plutôt qu'on est exactement au milieu. La plus belle traversée est celle du Colorado, elle suscite l'émotion d'une gorge qui se serre, alors que Kingman n'est presque rien, une enclave caillouteuse au pied des reliefs de l'Arizona, sur la route 66, une ville construite le long de la ligne de chemin de fer, et on avait dû commencer par la gare. Comme dans toutes les villes où les plus riches avaient le choix, ils avaient opté pour la colline, en surplomb du tumulte, c'était là que les plus belles maisons et les institutions attendaient le couple, une courte haie d'honneur sous quelques arbres qui avaient survécu au désert.

En arrivant, Monsieur Gable et Mademoiselle Lombard avaient rempli leur licence de mariage au bureau du clerc du comté, où une secrétaire du nom de Viola Olson avait enregistré le document ; les reconnaissant, elle avait renversé l'encre sur le formulaire, il avait fallu recommencer, mais ils étaient familiers de la deuxième prise. À 15 heures, le couple avait pris le temps de se changer, lui un beau costume bleu, elle son tailleur gris de flanelle. Ils avaient filé à la First Methodist Episcopal Church, où les attendaient le révérend Kenneth Engle et sa femme, en présence d'Otto Winkler et du proviseur du lycée de Kingman, appelé pour faire le nombre. Ils avaient annoncé leur lune de miel à Boulder City, c'était une feinte vieille comme le monde, parce qu'ils rentraient à la maison. Kingman raconterait le mariage, Boulder, et puis aussi autre chose : qu'au moment où ils avaient échangé les vœux qui fixaient les obligations conjugales, Carole avait fait virer « obéir » de la liste.

*

Sans doute se seraient-ils mariés plus tôt si Gable n'avait pas été une pince. Il n'avait rien contre, il l'avait déjà fait deux fois, mais s'il était contre les pourboires ce n'était pas pour accepter de régler un divorce hors de prix à Ria Langham, deuxième épouse du roi et femme du monde. Payer moins cher puis épouser Carole Lombard était son idée, dans l'ordre, mais il avait trop attendu et payé plus cher, parce que Carole commençait à lui dire que rien ne la retenait, et elle le lui criait dans ses grandes oreilles les soirs de mauvaise humeur. À Noël 1938 il avait compris qu'il allait lui en coûter. Pour être sûr de garder Carole, il avait donné cinq cent mille dollars à Ria, dont trois cent cinquante mille cash, lui qui ne risquait pas d'avoir les poches trouées avait le cœur déchiré, mais la vérité était que Louis B. Mayer lui avait prêté trois cent mille dollars afin de hâter le moment où sa star cesserait de vivre dans le péché.

Pour le futur loyer conjugal, il s'en était mieux sorti. Quand ils avaient décidé d'acheter le ranch de Raoul Walsh à Encino, au pied d'une colline de San Fernando Valley, le réalisateur borgne avait demandé cinquante mille dollars pour cette maison qu'il n'avait jamais habitée. Clark avait répondu c'est bien trop cher, il n'en est pas question, et Carole avait dit oui, tout de suite, pas de problème, en rédigeant le chèque. Ils étaient à dix kilomètres du fameux circuit B de Hollywood – Beverly Hills, Brentwood, Bel-Air – dans cette maison néocoloniale de briques blanches sur deux niveaux, construite quelques années plus tôt pour un patron de la MGM, avec des écuries pour neuf chevaux, une grange, un atelier. Gable avait suggéré qu'ils achètent la colline aussi, avec ses arbres fruitiers, une manière de garantir le voisinage, et puisque Carole payait, il avait trouvé que c'était vraiment une bonne idée.

Elle s'occuperait de tout, maison et dépendances en blanc, persiennes vertes, panneaux de bois sculptés dans le living-room, grande cheminée de briques, bel escalier, rampe et grille de style colonial, moquette jaune canari, fenêtres en vitraux anciens, sofas et fauteuils tapissés de rouge, large fauteuil club pour Gable, deux tables, une cave à liqueur, et dans la salle à manger des murs de pin naturel, plafond clair et une autre cheminée de briques, ainsi qu'une large table en bois qu'elle laisserait dehors par mauvais temps, au début, pour qu'elle soit joliment marquée. Elle ne mettrait jamais de nappe, préférerait la vaisselle élégante sur le bois brut, carafes de cristal et lampes à pétrole, serviettes brodées et couverts sculptés à la main, et pas de chambre d'amis, pour mieux annoncer aux invités qu'il faudrait repartir après le dîner, juste après leur avoir fait comprendre qu'il ne fallait pas passer sans prévenir. Et aussi la salle d'armes, la préférée de Gable, avec sofas et fauteuil pour boire un verre et contempler sa collection. Et puis la chambre de Gable, murs beiges et grand lit vert, rideaux en chintz vert, plafond mansardé et boiseries patinées, rayon de dictionnaires et bureau venu du tournage d'*Autant en emporte le vent* offert par David O. Selznick, boudoir avec costumes pour vivre et pour tourner, parce que les couturiers s'occupaient des actrices mais les acteurs arrivaient habillés, et la salle de bains de marbre beige. Et puis la chambre de Carole, parce que c'était l'ordinaire des royautés de s'autoriser les chambres à part, lit en acajou à quatre colonnes, baldaquin à volants d'organdi, tables de chevet d'acajou, lampes anciennes, sofa et large tapis blanc, un dressing à sa mesure, et salle de bains de marbre couverte de miroirs avec un tapis de fourrure blanc.

Elle lui avait dit, à la fin : eh bien, vieux roi, vous avez votre château.

3

De son premier mariage avec William Powell, et des demandes repoussées d'autres prétendants, Carole gardait le sentiment d'un sacrement empesé et d'une chimère. Elle assurait dans ses interviews que le mariage ne contenait pas assez de valeurs pour les femmes, qu'il entretenait l'incapacité de la société à reconnaître leurs besoins, et qu'il ne permettait pas aux actrices de vieillir, à Hollywood. Le 8 mars 1939, le divorce avait été prononcé.

Gable avait trente-huit ans, Carole trente. Mais quelqu'un avait mal compté, un jour, parce qu'elle avait seulement soufflé vingt-neuf bougies la dernière fois. De toute façon, elle avait toujours dit qu'elle épouserait Gable avant d'avoir trente ans et ce n'était pas un détail comme la vérité qui allait lui donner tort. Et puis elle ne les faisait pas, et puis personne n'était à un an près, à part elle. Ce n'était même pas sa faute : quand elle avait eu vingt-deux ans, Paramount avait organisé son anniversaire-surprise et il y avait seulement vingt et une bougies, et ce jour-là elle avait déclaré que personne ne pouvait imaginer à quel point elle était surprise qu'on lui fête cet anniversaire, c'était la deuxième fois, quand même. Elle n'avait pas créé elle-même cette faille temporelle dans sa biographie, mais quelqu'un avait commencé à écrire qu'elle était née en 1909 plutôt qu'en 1908, elle s'était assez facilement habituée, elle ne portait déjà pas son vrai nom, alors pourquoi s'encombrer de son âge véritable, et certains jours il lui arrivait même de penser qu'elle était née en 1910.

C'était aussi le maquillage, la lumière, le travail quotidien de la coiffeuse, ces robes à tomber sans une ride, elle ne se voyait pas vieillir, elle était sûre que son horloge biologique ne marquait pas l'heure. Elle constatait à chaque aube que le tic-tac allait plus lentement chez elle, alors autant gagner un an d'un coup, elle n'était pas là pour perdre ce temps qui court. Hollywood retranchait les ans et essaimait ses modes, l'ablation de l'appendice, ou alors des amygdales, avoir un vélo, suivre un régime, et puis en 1938 des jupes plus courtes, des toques, des tailleurs, mais plus de bas de soie, et puis des teints transparents, des fins sourcils épilés, tout ce qui avait traversé les années 30 dans la ville qui ne voulait pas vieillir.

Les Gable étaient revenus de Kingman le soir même de leur mariage, dans la même automobile, laissant une demi-douzaine d'hôtels de la région et d'au-delà assurer pour l'éternité qu'ils avaient passé leur lune de miel dans la plus jolie chambre à l'étage, alors qu'ils étaient rentrés au ranch, à Encino. Ils avaient roulé toute la soirée, dix heures dans la DeSoto bleue. Ils avaient enjambé à nouveau le Colorado et cela avait creusé Clark, qui avait proposé que le convoi nuptial casse la graine à Needles, puisque l'on avait atteint la Californie.

À Needles, Otto Winkler s'était arrêté au bureau de la Western Union pour prévenir la MGM de préparer le communiqué annonçant le mariage royal, et Carole s'était souvenue qu'elle avait mangé sa promesse de prévenir Louella Parsons, une amie, mais une commère, et même « la commère ». Et le mal était fait, du moins entre ces deux-là, la journaliste reprocherait toute sa vie à Gable et Lombard de ne pas lui avoir donné le scoop du mariage du King, et au seuil de la vieillesse, dans la maison de retraite où elle chroniquait la vie privée de ses voisines de cantine, elle s'adresserait encore au fantôme de Gable en le maudissant d'avoir brisé sa promesse.

C'était bien la peine d'avoir toujours apprivoisé les deux vipères. Louella, qui avait déjà divorcé deux fois quand elle était arrivée à Chicago en 1910, hantait les soirées californiennes au bras de son troisième mari, le Dr Henry « Docky » Martin, un chirurgien toujours saoul qui finissait par tomber en même temps que le verdict immuable de Louella : « On va le laisser se reposer, il faut qu'il opère demain matin. » Elle avait inventé les potins du *Chicago Herald*, puis du *New York Morning Telegraph*, avant d'arriver à Los Angeles et de travailler pour le magnat de la presse Randolph Hearst, en montrant autant d'intérêt pour le mensonge que pour la vérité, faisant de la calomnie un art.

Louella semait la peur mais son métier rêvé était d'annoncer les bonnes nouvelles, et voilà que Carole l'en privait, comme elle la privait d'une victoire sur l'autre vipère, Hedda Hopper, la gardienne de la morale, ancienne actrice avec laquelle Carole avait tourné, et que les studios avaient favorisée pour équilibrer le pouvoir de Louella. Mais c'était la politique de la pire, c'était une escalade, Hedda était méchante et régnait par la terreur, et quand elle recevait des centaines de cadeaux à Noël, ce n'était pas parce qu'elle avait été gentille pendant l'année, mais parce qu'elle était venimeuse et qu'il suffisait de deux lignes pour mourir de ses morsures.

Plus tard elle dénoncerait les communistes, ses voisins, tout le monde, obligerait par sa cruauté et son pouvoir Randolph Scott à quitter la maison qu'il partageait avec Cary Grant et Grant à se remarier, ferait cesser la liaison de Grace Kelly avec Ray Milland, bouleverserait les vies, précipiterait des ruines, tout cela pour finir comme une caricature d'elle-même, une vieille peau ridée et sépulcrale, apparaissant comme une ombre dans quelques films oubliés, parce qu'il fallait bien qu'il y ait une morale, même mince, même fragile, à la fin d'autant de méchanceté.

Carole et Gable étaient arrivés au ranch à 3 heures du matin, quelque famille et des amis les attendaient avec une bouteille de champagne, la cuisinière avait préparé des canapés, tout avait été joyeux et rapide, mais il fallait aller dormir, la presse était annoncée à 9 heures sur le palier de la maison que Carole avait gardée sur St Cloud Road, à Bel-Air. Ce n'était pas la bagatelle qui allait les retarder, Carole n'avait pas envie d'un assaut fatigué, elle avait décrété que les nuits de noces méritaient un minimum de cérémonie, ils feraient ça un autre jour, un autre soir, et en attendant s'assoupiraient chacun dans sa chambre.

Au milieu de la nuit, Carole s'était réveillée, l'excitation sans doute, même pour un deuxième mariage. Elle avait traversé le couloir comme elle dormait, entièrement nue, était entrée dans la chambre de Gable sans réveiller le ronfleur, voulait seulement s'allonger quelques instants à côté de son mari. Mais elle avait difficilement réprimé un cri, son pied avait marché sur quelque chose, et c'était le roi qui avait fait tomber son dentier sur la moquette.

4

Au matin, ils avaient posé devant les photographes du bonheur, elle à son bras, la royauté impliquait que cela ne fût pas le contraire, ainsi que la différence de taille, peut-être. Quand elle croisait une jambe devant l'autre avec des manières de danseuse juste avant l'entrechat, elle révélait une fine chaîne à la cheville gauche, et pour célébrer un mariage c'était un élégant fil à la patte.

Ils vivaient ensemble depuis trois ans mais étaient mariés depuis vingt-quatre heures, et elle était celle qui avait conquis le roi de Hollywood. C'était la première fois que Clark épousait une femme plus jeune que lui, il avait toujours séparé celles qu'il épousait de celles avec lesquelles il couchait, ce qui faisait de Carole deux femmes à la fois. Elle ne l'avait pas épousé pour l'argent, parce qu'elle en gagnait beaucoup et qu'il était le roi des rats, avec des oursins dans toutes ses poches, et ce n'était pas pour le sexe, non plus, elle en avait connu beaucoup et elle avait connu mieux. C'était peut-être pour la gloire, quand même, parce que si Clark était le King cela faisait d'elle une princesse, peut-être une reine. Carole n'était jamais tombée amoureuse d'un roturier, son premier mari avait été un acteur célèbre, le deuxième aussi, et la plupart de ses amants travaillaient dans le cinéma, pour la mériter il fallait être au moins son égal, elle ne cédait jamais en deçà de son rang.

L'amour de l'homme désiré de l'Amérique était aussi un amour de soi, une mesure commune du sentiment et de l'ambition. Elle aimait l'idée de son couple ainsi que son image, ces murmures dans leur sillage et ces étincelles sous leurs pas, cette mythologie à deux.

Mariés depuis la veille, amoureux comme au premier jour, les Gable avaient organisé le soir venu un dîner simple au ranch. Ils avaient déjà des surnoms de vieux mariés, Pa et Ma, elle disait Pappy avec affection, et à ses copines elle murmurait que tout était venu de « paw », le bruit du soupir du roi au faîte de l'acte sexuel, elle ajoutait qu'elle l'aimait à la folie, mais que, entre nous, ce n'était pas un coup d'enfer. Pour le bruit du soupir, ce n'était pas vrai, mais pour le reste, un soir que Clark s'énervait contre Eddie Mannix qui essayait de lui apprendre le bridge, l'arrangeur de toutes les affaires de la MGM avait lancé à l'acteur qu'il ne parviendrait décidément jamais à apprendre la finesse, et Carole, le regard bleu, avait rétorqué que toutes les script-girls de la Metro le savaient déjà, pas vrai Eddie ? La saillie était mieux passée sur Gable que lorsque Carole, évoquant les attributs de son homme auprès d'un journaliste, avait balancé qu'à trois centimètres près le roi aurait été surnommé la reine.

Vivre avec Gable, ce n'était pas seulement vivre avec d'autres femmes, mais cohabiter avec un homme qui ne se séparait jamais de ses obsessions, dormir une seule fois dans les mêmes draps, se doucher cinq fois par jour, refuser de parler des femmes de son passé, de son enfance, de la pauvreté.

Mais ils étaient mariés, trois ans, deux mois et six jours après leur premier bal, après la première fois où la légende assurait qu'il l'avait raccompagnée en bas de chez lui, plutôt qu'en bas de chez elle, qu'il lui avait proposé de monter dans sa suite du Beverly Wilshire Hotel, et qu'elle l'avait toisé : « Tu te prends pour qui, Clark Gable ? »

5

Le jour où le roi de Hollywood avait commencé à regarder autrement la reine de la fête était une nuit. Clark Gable avait déjà la moustache en bataille d'avoir trempé dans d'autres bulles fines quand il s'était présenté, le soir du 23 janvier 1936, au restaurant Victor Hugo, à Beverly Hills, à l'entrée du Mayfair Ball.

L'événement annuel disait l'état des mariages, et permettait à la société du cinéma de s'arracher au mépris de la « haute » californienne qui continuait d'afficher « Interdit aux acteurs et aux Noirs » sur la porte de quelques clubs privés et de toutes les enclaves qui résistaient au siècle. Ainsi contrainte à l'entre-soi, la noblesse de l'écran s'arrangeait pour l'extravagance, répandait la lumière et les rumeurs qui entretiendraient ses mythes en retour et finiraient par renverser le sens du monde ancien, peut-être.

La reine de la fête était blonde depuis qu'elle avait choisi la couleur qui ne la quitterait plus. Elle parlait comme un homme, dansait comme une déesse, recevait comme une princesse. Ainsi régnait Carole Lombard. Chacune de ses fêtes laissait une trace, comme le jour de 1935 où elle avait loué le parc de manèges d'Ocean Park, sur la jetée de Santa Monica, un dimanche de juin, pendant le tournage de *Jeux de main*.

Elle avait envoyé un carton d'invitation à chaque personne de Hollywood qu'elle connaissait, il avait fallu en imprimer des centaines, et chaque invitation valait pour toute la famille. Elle disait que cela n'allait pas la ruiner, et puis que c'était sa dernière fête, éventuellement la dernière avant l'ultime. Cesar Romero s'était blessé à la cheville, Marlene Dietrich était encore solaire par beau temps le dimanche, et Claudette Colbert avait fini la robe couverte de peinture noire et avec des bleus sur le corps pour s'être frottée aux attractions les plus vertigineuses. Marlene, Claudette et Carole étaient amies, un soir à New York Marlene leur avait même fait des œufs brouillés, sans façon, dans la cuisine, comme elle avait fait des pâtes pour Jean Gabin, en France.

À Ocean Park, une actrice française était venue avec un inconnu à son bras. Ainsi paraissait Lili Damita, c'était plus simple que Liliane Marie Madeleine Carré, née en Gironde, élevée dans un couvent, devenue meneuse de revue au Casino de Paris, puis actrice en Europe et à Hollywood, passée au bras d'un prince prussien, mariée au réalisateur Michael Curtiz, puis à un jeune homme lumineux en aplomb de sa légende. Son nom était Errol Flynn, évidemment les filles de la fête s'étaient battues pour monter avec lui dans le tunnel de l'amour, ce dimanche-là au bord de l'océan, pendant que Lili Damita avait vu s'envoler sa jupe dans le souffle de la machine à vent.

Après la fête de Santa Monica, Carole avait évoqué une retraite mondaine et des nuits assagies, soit qu'elle se rendait à l'idée de ne pouvoir faire mieux, soit qu'elle n'avait plus rien à attendre de l'influence de cette couronne de reine de la fête sur sa carrière. Elle concentrerait son talent d'hôtesse sur des dîners ou alors des barbecues, les premiers pour que Carole continue de mettre ses plus belles robes, les seconds pour que Gable puisse suivre son régime préféré, jean et chemise ouverte, larges steaks et bière fraîche.

Elle n'organisait pas si souvent, à la vérité, voulait seulement qu'on s'en souvienne. Une fois elle avait exigé des tenues magnifiquement élégantes, et quand les invités étaient arrivés la maison avait été transformée en bungalow, avec un feu de camp, des tables basses, tout le monde s'était assis en tailleur et en robe aussi. Il y avait des nappes rouges, des petites assiettes, des tout petits verres, on aurait dit un anniversaire de jeunes filles jouant à la dînette, l'absence de chaises créait le mouvement et effaçait la distance, les invités repartiraient avec le souvenir d'un bonheur léger.

Une fois, une autre fois, pour l'anniversaire de Bob Riskin, le scénariste au bras duquel elle avait passé ses soirées, elle avait annoncé pour dress code jean retourné, chemise et pieds nus, et tous les meubles avaient encore disparu, il y avait seulement des bottes de foin pour s'asseoir, cependant que des poules traversaient la pièce et que des canards glissaient sur l'eau de la piscine. C'était le soir où elle s'était laissé photographier en train de traire une vache, et pour tout dire il y avait plus de chances qu'elle le fasse à cette heure-là qu'à l'aube où les fermiers étaient au travail.

Une fois, une autre fois encore, tout le monde avait débarqué en infirmière ou en chirurgien et elle avait aménagé le salon en clinique, enlevé les meubles, installé des lits et des équipements médicaux, chacun s'était allongé sur un lit à la romaine pendant que de fausses infirmières servaient des boissons dans des tubes d'analyses.

Même pour un dîner pour six il lui fallait une semaine de préparation. Pour elle-même, elle aimait les marguerites et le Coca-Cola, mais c'était du goût des autres dont elle faisait une liste. C'était une autre vie d'actrice, ce don des autres et cet effacement de soi quand on était aussi célèbre, ce sacerdoce d'être celle qu'ils voulaient qu'elle soit, cette malédiction de jouer tout le temps, ce doute d'être aimée pour elle-même.

Mais elle se servait de ces fêtes comme d'un tremplin puis d'un piédestal, acceptait que l'ambiguïté se faufile entre la sincérité et les calculs, comme elle le faisait entre l'apparence et la vraie vie d'une actrice. Elle était la reine de la fête mais dans ce métier et dans cette ville les règnes étaient courts, il fallait savoir quitter la lumière juste avant qu'elle s'évanouisse et que tombe la nuit.

*

Au Mayfair Ball, elle n'avait pas seulement invité Gable, toutes les femmes qu'il avait séduites et tous les hommes qu'elle avait connus. Elle avait aussi choisi le traiteur, le décor, les musiciens, les chansons, avait décidé que tout le monde s'habillerait de blanc et que chaque invité serait annoncé par six hommes à l'entrée. Et puis qu'il y aurait deux orchestres, celui de

Cab Calloway et le Rhumba Band d'Eduardo Durante. Et puis que chaque morceau aurait à voir avec un invité, enfin que Bing Crosby et quelques autres chanteraient. Elle avait envoyé les invitations aux couples en s'appuyant sur la rumeur et la presse populaire, et puisque Mr et Mrs Gable étaient séparés depuis un mois, le King avait reçu la sienne à sa résidence habituelle entre deux mariages, le Beverly Wilshire Hotel, où Sa Majesté confirmait que l'avantage des chambres de célibataires était que l'on y dormait rarement seul.

En franchissant le seuil du Victor Hugo, ce soir-là, il avait l'œil qui brillait, selon l'effet que lui faisaient l'alcool et les jolies femmes à la tombée de la nuit. Il était au bras d'Eadie Adams, une chanteuse qui doublait les stars et vivait de sa voix plutôt que de son apparence, ce qui était presque un renoncement à la facilité, parce que pour ce qui concernait l'apparence le King n'avait pas l'intention de porter plainte.

Personne ne se formalisait des couples que le Mayfair Ball avait assortis, Ria Gable s'était présentée avec un autre homme pour faire part à Hollywood qu'il y avait une vie après l'acteur et avant le divorce, et Carole Lombard elle-même était arrivée au bras de Cesar Romero, un *latin lover* à la moustache fine et à l'ambiguïté absolue. Mais on ne les avait presque pas vus ensemble, parce que Carole était une hôtesse inlassable, soudain en rage lorsque Jeanette MacDonald était arrivée de mauve vêtue, juste avant que Norma Shearer ne marche lentement en robe écarlate au bras de son mari, Irving Thalberg. On ne voyait plus qu'elles et Hollywood ne voyait plus que l'insulte, par contraste. Carole allait lui parler du pays, à la star de la MGM, à la femme du producteur, elle l'aurait suspendue par les bretelles de son soutien-gorge si seulement elle en avait porté un : elle ne pouvait pas venir en blanc, comme tout le monde ?

La mèche mal posée, le débit suave, le King avait tout entendu et il s'en mêlait, parce que Norma était une amie, à défaut d'être une actrice qu'il admirait, parce qu'il dirait ne lui connaître que deux registres de jeu, l'un avec les yeux ouverts, l'autre avec les yeux fermés. Il était de notoriété qu'il avait connu ses deux registres dans l'intimité. Mais après l'incident, quelques témoins étaient formels, les vrais comme les faux, Gable et Lombard s'étaient absentés tous les deux, et ils étaient revenus non pas ensemble mais en même temps. Si le King avait cherché à calmer la belle, il était le seul à imaginer que cela puisse suffire : en revenant, Carole s'était payé Norma Shearer, l'avait agonie d'injures qui disaient un vocabulaire de poissonnière et traduisaient bien d'autres ressources encore, et cette fois le King s'était interposé, une dame ne parlait pas comme ça, et surtout pas à Norma. Il avait bien fait de passer par là, Gable, d'ailleurs Carole en avait encore un peu pour lui, elle lui avait lancé de s'occuper plutôt de son petit machin et lui avait proposé, accessoirement, d'embrasser son cul, c'était comme cela qu'elle l'avait dit, et tout Hollywood savait que c'était l'une des phrases qu'elle prononçait le plus souvent. Le mâle était vexé autant qu'il était séduit, et il avait rarement été aussi vexé. Ainsi commençaient les scénarios, à Hollywood. *A boy meets a girl*, et voilà.

*

Leur deuxième rencontre, le 5 février 1936, avait eu pour cadre le toit bombé, en forme de chapeau melon, du restaurant Brown Derby, et c'était une soirée qui commençait à midi, parce que l'idée consistait à fêter la fin de la dépression de l'hôtesse du jour à une heure qui ne la fatiguerait pas, mais en robe du soir. Les organisateurs avaient trouvé un titre, par inclination professionnelle, *The Nervous Breakdown Party*, et quitte à se rendre à la fête de la déprime, autant s'amuser : plutôt que de venir en voiture dans une robe du soir, Carole avait surgi en ambulance, sur une civière, en tenue d'infirmière, pour rappeler ce que l'on fêtait, et toute la salle s'était figée, la moitié riait fort et l'autre était choquée. Gable avait rejoint la moitié indignée, et quand il avait croisé Carole les noms d'oiseaux étaient revenus à la surface. Ils étaient deux pôles qui s'attiraient et faisaient des étincelles juste avant le feu d'artifice.

Neuf jours plus tard, pour la Saint-Valentin, elle lui avait acheté une vieille Ford T sur laquelle elle avait fait peindre des cœurs géants, avait ajouté des rubans et des fleurs partout, ainsi que ce petit mot : « *You're driving me crazy.* » Il la rendait dingue mais c'était plus drôle en anglais, et elle avait fait garer cette voiture sur le parking personnel de Gable à la MGM. Le soir venu, il avait conduit son cadeau jusqu'à elle, avait ouvert la porte de cette vieillerie afin qu'elle puisse entrer avec sa robe du soir, et ils étaient allés dîner ensemble au Trocadero.

Certains lieux publics étaient une zone neutre, ils absorbaient les rumeurs, et rien ne sortirait sur leur couple avant plusieurs mois et un article du *Los Angeles Times*. Mais la secrétaire de Carole, Fieldsie, avait à débusquer chaque allusion et à combattre toute histoire qui aurait pu griffer la réputation de sa patronne, puisque Gable était marié. Fieldsie, c'était Madeline Fields, l'amie des années 20, une ancienne baigneuse du cinéma muet que Carole avait connue chez Mack Sennett, le réalisateur de courts-métrages tournés sur les plages de Californie. La plage était le prétexte à mettre les filles en maillot de bain, mais sans prétexte le mythe se serait écroulé.

Carole et Fieldsie ne s'étaient jamais quittées, avaient longtemps vécu ensemble, et Fieldsie était le rempart ; quand la presse appelait pour vérifier l'agenda de l'actrice, elle assurait que Carole ne pouvait pas être avec Gable, elle était à la maison avec un masque de beauté et, d'ailleurs, elles avaient joué ensemble au double solitaire jusqu'à 2 heures du matin. Quand un journaliste la joignait directement, Carole confirmait qu'elles jouaient aux cartes, qu'elles avaient mis la radio et entendu le présentateur annoncer « Et voici l'élégante Carole Lombard » ; c'était quand même incroyable, ce talent d'être à deux endroits à la fois, non ?

Il fallait dribbler la presse, calmer la colère de Ria Gable après que *Photoplay* avait publié une photo de Carole jouant au tennis avec Clark. Ils étaient séparés, pas divorcés, tant que Clark n'était pas la moitié d'un autre couple, Ria était encore Mrs Gable, et dans la société hollywoodienne l'ambiguïté maintenait l'ordre des choses. Elle ne pouvait pas lutter contre un conte de fées mais elle avait d'autres armes, par exemple la clause de moralité qui figurait dans le contrat de Clark Gable à la MGM, si bien qu'elle avait glissé au studio qu'il serait dommage que tout le monde apprenne qu'un homme marié vivait avec une autre femme que la sienne. La presse vendait mieux l'histoire d'amour que l'infidélité du roi, avait présenté Mrs Gable comme âpre au gain, écrivait que Carole l'appelait « la vieille », ce qui était aussi vrai que peu charitable. Hollywood aimait les belles histoires et n'oubliait pas ceux qui le nourrissaient et dont il aspirait la moelle en retour.

*

Il n'était pas son premier, elle n'était pas sa première, il était même possible que tous les deux aient eu moins de partenaires à l'écran que dans la vraie vie. Gable arrivait en majesté dans une période de Carole sans rôle masculin principal. Elle était à la fin de sa liaison avec le scénariste Robert Riskin, auprès duquel elle cherchait une émulation intellectuelle, la possibilité de s'élever et de mieux maîtriser les hommes qui voulaient se mêler de ses films. Mais on la voyait également avec Cesar Romero qui, comme George Raft, avait la photo de Carole dans sa chambre, ce qui donnait aux conquêtes de passage l'idée d'une cohabitation, d'une compétition et d'un idéal.

Quand Riskin l'avait demandée en mariage à l'automne 1935, elle n'avait pas dit non, mais c'était souvent comme cela, avec elle, elle ne donnait pas vraiment de réponse, et la question elle-même marquait le début de la fin. Le point d'interrogation devenait un point de non-retour, elle se détachait de l'homme qui avait pensé la garder pour lui, et entre Noël et le jour de l'an c'était déjà fini, sinon on ne l'aurait pas revue avec Cesar Romero en janvier, enfin en principe. Il était possible qu'elle ait fui l'enfermement, il était probable qu'elle attendait l'homme. C'était exactement le mythe que Clark Gable vendait à ses conquêtes, nuit après jour, cette image du mâle américain, de l'homme qui embrassait les femmes, qu'il tenait fermement et auxquelles il tenait moins fermement.

L'aura de Gable tout entière reposait sur un geste originel, une manière d'agripper son premier rôle féminin par le bras et de la repousser dans son fauteuil, dans une attitude disant où était le pouvoir, où était l'électricité, et qui avait délimité pour les quinze années à venir le champ de la séduction. C'était une aura pré-moustache et fausses dents, la genèse de son règne animal. Après que Hollywood avait commencé à protéger son économie par l'autocensure, en 1934, en appliquant le code Hays qui redéfinissait la longueur des baisers, les décolletés, les mots, et replaçait le curseur des relations hommes-femmes dans l'axe de la vertu, Gable avait été couronné par le souvenir de ce que l'écran cachait désormais. Une nostalgie du soufre, cette brutalité dans l'assaut, cette certitude que la belle assiégée allait céder, fille de joie et femme mariée tour à tour, et parfois réunies dans les bras du même homme, dans le même film, comme Jean Harlow et Mary Astor dans *La Belle de Saïgon*. Hollywood avant le code présentait l'adultère comme la plus belle conquête de l'homme. Blonde ou brune c'était égal, d'ailleurs Gable n'avait pas eu à choisir. Il avait eu les deux, comme d'habitude.

*

Les premières nuits, Carole n'avait pas eu besoin de demander à Gable s'il avait aimé avant elle, ni comment, ni combien. Elle avait presque tout lu, tout entendu, savait les deux premières femmes officielles du King et se doutait de la plupart des autres. Une fiancée, Franz Dorfler, de Cadiz, Ohio, chez lui, et qui avait perçu une lueur au fond du type fauché, qu'ils appelaient encore Billy parce que Clark était son deuxième prénom, et qui l'avait envoyé vers un coach en comédie, Josephine Dillon. Quitte à avoir de l'ambition, autant épouser celle des deux qui connaissait le mieux ce métier et possédait le théâtre de la ville. Josephine avait dix-sept ans de plus que lui, savait tout ce qu'il ignorait, lui ferait perdre sa voix trop haut perchée et descendre sa colère. Elle le pousserait à prendre la pose, avec toute l'assurance de ses nouvelles dents, mais même le jour du mariage, en 1924, dirait : Dieu merci, je ne suis pas amoureuse. Il n'était pas le premier ambitieux du cinéma décidé à se marier jeune pour conquérir une protection qui le verrait, une fois célèbre, se débarrasser de la moitié désormais dispensable.

D'ailleurs, il avait divorcé de Josephine en 1930, s'était immédiatement remarié, et c'était le quatrième mariage de sa nouvelle femme, Maria Langham, dite Ria, séduite par la voix grave et posée, la fossette, l'attitude animale, tout ce que Josephine Dillon avait créé. Au fond elles avaient le même goût, et d'ailleurs le même âge, puisque Ria courait doucement, et presque à reculons, vers ses quarante-six ans, quand Clark Gable, sorti de la fange qui lui faisait une aura mal déchiffrable, mais prête à accueillir la lumière et toutes les femmes qui seraient attirées par l'une, par l'autre, ou par lui, s'élevait dans le monde avec la conscience qu'il n'aurait pas d'âge avant longtemps.

6

Elle avait à peine trente ans et on aurait dit que son visage avait changé. Les angles, peut-être, ce qu'elle avait choisi de camoufler et de souligner par le tombé de ses mèches blondes, mais les photos de sa jeunesse, toutes concentrées autour de ses yeux, disaient une autre femme. C'était peut-être que les traits d'une femme semblent bouger quand on la fixe, les photos figent le mouvement même au risque du mensonge, et l'on recherche sans cesse le profil originel; il remonte au jour où la foudre est tombée. Elle paraît presque moins jolie, on ne sait plus si c'est à cause de nous ou à cause d'elle, et il faut que passe une autre attitude ou une autre lumière pour se souvenir de la beauté. Il n'y avait pas que sa fameuse cicatrice pour frontière ou bien la vie qui passait, il y avait aussi le basculement du cinéma vers le langage. Le muet exagérait les poses, chacune d'entre elles devait être une phrase, même si le principe consistait avant tout à offrir un visage de jeune fille courageuse qui cherchait la protection d'un homme. Si ces femmes montraient autre chose à l'écran, de l'ordre de la séduction, elles perdaient une partie de leur armure, parce que les histoires du muet décrivaient toujours les séductrices comme moins dignes de confiance que les jeunes filles courageuses, justement. Pourtant, il fallait l'être, courageuse, pour être Gloria Swanson, Clara Bow ou Louise Brooks, et c'était à elles que Carole voulait ressembler. Quand le cinéma lui donnerait la parole, elle chercherait l'amour à l'écran dans la plupart de ses rôles, mais pas de protecteur, elle n'en avait plus eu besoin à partir du moment où les mots étaient tombés de son côté.

Dans sa loge, une chambre de style Tudor aux couleurs pastel, il y avait toujours des fleurs et de la musique, le téléphone sonnait et on frappait à la porte, elle voulait du monde, passait d'une loge à un plateau, et à cent cinquante mille dollars par film elle avait le droit de choisir son personnel. Elle continuait de se rendre au travail avec ses valises siglées CP, Carole Powell ; quand on aimait une femme qui avait été mariée, il fallait la prendre avec son bagage. Elle accrochait au mur le même miroir brisé depuis ses débuts, déposait sur une chaise deux robes usées, dont l'une en soie pleine de trous.

Au réveil, chaque jour, une heure de coiffure, pour obtenir exactement la même couleur que la veille. Une heure pour éclaircir le front et ramener les boucles blondes au même endroit que dans la scène du jour d'avant, le crayon autour des yeux pour en souligner l'azur. Sinon, une robe à même la peau, elle n'avait jamais rien porté en dessous et, pour le reste, ne voulait pas que la trace d'un tissu brisât la courbe de ses hanches et du bas de son dos, savait exactement ce qu'elle voulait montrer et ce qu'elle donnait à voir, jouait avec les clairs et les obscurs des poudres et des fonds de teint pour créer l'illusion d'un relief à la naissance de sa poitrine, alors qu'il n'existait pas de vallée naturelle où le regard pût se perdre.

Sur le plateau, juste avant moteur, il lui arrivait de demander un glaçon qu'elle passait sur la pointe de ses seins pour ajouter au trouble, et à ses yeux d'eau. Le soir venu, quand cette robe glisserait sur sa peau, il ne resterait que la soie et un parfum comme une traîne.

La magie devait maintenir le secret de la cicatrice, sur sa joue gauche, un trait au-dessus du sourire. Dans quelques plans, certains films, elle se révélait, fugace, sous une lumière de passage, mais sans doute fallait-il la connaître pour la reconnaître, et imaginer la faille originelle dont il restait une ligne pâle de cinq centimètres, de la joue jusqu'à la lèvre supérieure.

Elle était en voiture sur Santa Monica Boulevard, arrêtée à un stop, un soir d'hiver 1926, passagère du fils d'un banquier, un gamin de quinze ans, Heinie Cooper, quand un véhicule les avait percutés par l'arrière. Sa tête avait heurté le pare-brise soufflé en mille éclats, le verre avait lacéré sa joue jusqu'à la commissure de la lèvre. À l'hôpital, sa mère avait obtenu le secours des meilleurs spécialistes de chirurgie esthétique, et quand l'un d'entre eux avait suggéré que l'absence d'anesthésie permettrait que les muscles ne se relâchent pas et au visage de conserver son dessin, elles avaient dit d'accord, la mère et la fille, quatre heures et dix-huit points de suture sans anesthésie, mais sans bouger non plus. Puisqu'on lui avait dit qu'elle avait une chance de recouvrer la beauté de ses dix-sept ans si elle restait immobile, elle allait passer dix jours sans qu'un seul muscle de son visage ne frémisse. Chaque matin, une infirmière passait mettre de l'huile d'olive sur le barbelé de sa joue gauche.

La Fox avait fait ce que font les maisons de production, elle avait payé l'hôpital mais pas la chirurgie, et après avoir vu le résultat avait rompu son contrat, parce qu'un alinéa établissait que l'actrice était responsable de son apparence et de sa santé. Elle n'avait pas pu tourner de toute l'année 1926. Il avait fallu longtemps avant qu'elle accepte de reparaître au Cocoanut Grove, avec un maquillage spécial pour cacher la coloration de la cicatrice, pâte, crème et poudre, le secret de la beauté restait de recouvrir la laideur.

Sa mère et elle avaient attaqué Heinie Cooper et ses parents devant les tribunaux pour conduite négligente, arguant d'un visage défiguré et d'une beauté démolie, et elles avaient obtenu trois mille cinq cents dollars juste avant le jugement, dans un arrangement de bonnes familles. En vrai, la Fox n'était même pas sans cœur, les producteurs jugeaient seulement qu'elle était une mauvaise actrice. Elle apprendrait, et désormais son visage ne montrerait ni ne cacherait plus ses émotions de la même manière, pendant des mois sa lèvre supérieure n'avait tremblé ni de joie ni de tristesse. Quand elle posait maintenant, elle savait, lançait au directeur de la photo de mettre un filtre sur la lentille de l'objectif et que la cicatrice n'y paraîtrait plus. Pas de soutien-gorge sous les robes à même la peau, un art du camouflage sur la joue, elle commençait à choisir les traces qu'elle entendait laisser.

7

Elle était la fille de cette ville, une fleur issue de la multitude mais d'une maison qui luttait contre la solitude, après la séparation d'avec le père resté dans l'Indiana. Elle ne s'était jamais éloignée de sa mère, Elizabeth « Bess » Peters, ni de ses deux frères, il y avait toujours une porte ouverte et du monde à dîner, le dimanche. Ses amis venaient pour l'atmosphère, pour la cuisine, pour elle. Bess Peters préparait la future carrière de sa fille, et la présentait, voici Jane, aux amis des amis de ceux qui connaissaient quelqu'un à Hollywood. Personne ne savait où s'arrêtait l'illusion dans la cité horizontale, c'était le flou entretenu par une ville des anges, la quête du ciel était un prétexte pour décrocher une étoile qui finirait sur un trottoir.

La première fois, elle avait douze ans, un garçon manqué aux yeux d'eau qui jouait au baseball avec ses frères : un voisin l'avait remarquée dans la rue et il s'appelait Allan Dwan, il était réalisateur. Carole tournerait avec Monte Blue, star du muet, et Allan Dwan garderait trois scènes de ses deux jours de tournage. Sa mère lui avait payé des cours de comédie pendant les trois années qui avaient suivi, en même temps que l'école, souvent après, parfois à la place.

D'ailleurs, Bess Peters connaissait même Louella Parsons, journaliste et vipère, qui allait obtenir à Carole son premier rendez-vous et donc son premier contrat à la Fox, soixante-cinq dollars par semaine pour un an, et comme quelqu'un s'appelait déjà Peters dans l'industrie, elle avait choisi Carol Knight, le « e » n'était pas encore là et Lombard n'allait pas tarder.

On a le droit de croire au hasard mais d'envisager la préméditation, puisque voilà qui elle fréquentait à l'adolescence : sa meilleure amie, Dixie Pantages, était la fille du propriétaire des salles de cinéma de Los Angeles, chez qui elle rencontrait producteurs, réalisateurs, et ses premiers chevaliers servants, au bout d'une adolescence sans rendez-vous ni baisers, avaient été Jack Hearst, le fils de William Randolph Hearst, puis Bill Ince, le fils de Thomas Ince, l'inventeur du western mort mystérieusement sur le yacht de William Hearst, justement, en 1924. Une semaine de sa vie sociale suffisait à faire le tour de la mythologie de la ville des anges.

Elle avait les fêtes pour amorcer la célébrité et les hommes, le corps et les mots pour nourrir l'une et élire parmi les autres ceux dont elle voulait s'approcher et ceux qu'elle maintiendrait à distance. Elle avait un jour formalisé son ambition de devenir « la plus recherchée des jeunes filles chastes », et tant pis pour les rumeurs de contre-emploi, la vraie question était de savoir ce que l'on faisait de la beauté, de ces hommes de pouvoir qui estimaient n'avoir qu'à se baisser pour la cueillir, de ces jeunes gens qui tentaient leur chance et à qui elle pouvait sourire s'ils dansaient bien. À seize ans, quand elle sortait de la Fox, elle rejoignait les autres à l'école, puis le soir allait danser le charleston, parfois elle poussait jusqu'au Pavilion à Catalina Island pour disputer le trophée de meilleure danseuse à Lucille LeSueur, la future Joan Crawford. Elle décidait souvent que les meilleurs danseurs des soirées seraient ses petits amis, il fallait bien un critère pour les départager. Ses premiers amoureux s'appelaient Tommy Lee, Mick Olson, Dany Dowling, Heinie Cooper, Johnnie Westwood, aucun n'était pauvre, mauvais danseur ni sans voiture.

*

Au début de l'histoire, Jane Peters se rêvait en Gloria Swanson, imitait son sourire devant la glace, regardait la star passer en bas de chez elle, à l'angle de Vine et de Hollywood Boulevard, courait les castings, passait une audition chez Charlie Chaplin pour *La Ruée vers l'or*, où on lui avait conseillé de ne pas se rendre seule, ou alors pour Cecil B. DeMille, qui lui avait dit de retourner à l'école et de revenir le voir dans cinq ou six ans. Elle était retournée à l'école pour prendre ses affaires et n'y plus revenir. Quand il avait fallu trouver un nom de scène, le hasard ou sa mère l'avaient dirigée vers Carol, c'était joli Carol, elle ne voulait plus être Jane, l'ancien garçon manqué, et quant au nom allons pour Lombard, c'était un ami de la famille, pas vraiment un proche mais cela sonnait bien, le côté français et distingué. C'était sous ce nom qu'elle était apparue pour la première fois dans le journal, elle s'était arrangée afin qu'une photo accompagne l'entrefilet. Elle suivait des cours de comédie le jour et dansait au Cocoanut Grove la nuit, le dancing de l'hôtel Ambassador, qui accueillait parfois la cérémonie des Oscars, où elle ne faisait pas son âge dans sa robe de satin noir. Elle ne savait se fondre ni dans le nombre ni dans la nuit, ses yeux captaient la lumière, tout le reste aussi.

Elle s'entraînait jusqu'à l'épuisement pour gagner les compétitions de charleston, revenait le lendemain pour échanger son trophée contre un peu d'argent, longtemps elle serait la Charleston Kid pour quiconque sortait un peu le soir à L.A. D'ailleurs une compagnie de danseurs avait voulu l'emmener en tournée, pendant plusieurs mois de l'année 1925, en Inde, au Japon et en Chine. Sa mère avait dit non : elle a l'air d'une femme, oui, surtout quand elle danse, mais quand la musique s'arrête elle a seize ans encore.

Elle voulait passer d'une vie à danser à une vie à jouer, et voilà comment le cinéma avait commencé : un soir, un type de la Fox l'avait remarquée au Cocoanut Grove et l'avait invitée à venir discuter au studio le lendemain, il pensait à un rôle et peut-être à d'autres choses. Bess Peters avait appris à Jane Peters à se méfier, mais lui avait surtout enseigné que tout se passerait de cette façon, que la séduction ferait s'effondrer les murs, quitte à devoir en dresser de nouveaux, une fois à l'intérieur, pour se protéger. Le lendemain, le type lui avait proposé un essai, elle avait dit oui, d'accord, aussi détachée qu'une jeune fille qui n'aurait pas attendu cela toute sa vie, et c'était comme cela qu'elle avait signé son premier contrat à la Fox en 1925.

Les hommes l'approchaient souvent, c'était un projet d'une nuit ou de beaucoup plus, mais elle ne voulait pas se marier, simplement tourner. Elle s'était inventé une biographie pour exister dans la ville de la fiction, tout était presque vrai, à part le cœur faible à l'adolescence, à part les titres des films qu'elle s'apprêtait à tourner, qui sortaient de nulle part et y retourneraient. La réalité de la vie des plateaux disait autre chose : elle avait été évincée de ses trois premiers tournages parce qu'elle ne savait pas quoi faire de ses mains, comme encombrée d'elle-même. Rentrée chez elle, elle se mettait devant la glace et prenait des poses ; soulever un sourcil, pencher la tête, se maquiller pour jouer sur le sombre et sur le clair.

Ce n'était pas encore la peine d'apprendre à parler, elle tournait tous ses premiers films en muet et elle-même se trouvait mauvaise, cependant elle articulait assez bien pour dire non aux acteurs qui fondaient sur elle. Elle conterait l'histoire de celui qui avait dû être retenu par les techniciens pendant qu'il continuait de l'embrasser après que la caméra avait fini de filmer. Elle s'était débattue quand il avait remonté sa jupe, mais elle n'avait jamais livré son nom, juste qu'il était devenu une star.

Elle avait décidé que la réponse n'était pas de maintenir sa jupe au niveau des genoux, mais d'être drôle, de parler comme eux, de les insulter un peu, d'être vulgaire s'il le fallait. Elle fourbissait son arme en cachette, toujours la même, afin que les hommes s'adressent à elle en gardant les mains dans leurs poches, une double victoire de la parole à l'ère du muet.

Après l'accident, après sa répudiation par la Fox, elle avait eu besoin de plans larges pour pousser le spectateur à cesser de fixer son visage, à la recherche d'un trait de cicatrice. Alors une fille un peu ronde en maillot de bain pour Mack Sennett et ses baigneuses de charme, c'était parfait, elle cherchait la séduction plus que la pudeur. Sennett tournait des centaines de courts-métrages par an sur les plages, de Venice à Santa Monica où les tentatives de maquillage vivaient sous la menace de la tarte à la crème, l'éternelle chute des scènes burlesques, ou d'un sac de farine pour les jours où le scénario changeait. Les filles se répétaient à l'oreille que l'on débutait avec Sennett et que l'on devenait riche avec quelqu'un d'autre, mais c'était la fin de ce concept et le crépuscule des courtes histoires sans paroles. Mack Sennett se fichait de la cicatrice à partir du moment où Carole était en maillot de bain, et le principe valait également pour Madeline Fields, l'amie de Carole, qui jouait la maîtresse femme et la copine un peu forte des courts-métrages Pathé. Mack Sennett prétendait que la seule chose plus drôle qu'une femme grosse était une femme grosse en maillot de bain, et il l'avait fait arrondir pour que cette grande jeune fille d'un mètre quatre-vingts atteigne le quintal.

Avec Sennett, Carole avait ainsi appris le rythme, la comédie, appris à accepter qu'on l'appelle « Carole les courbes » ou la potelée, et deux ans après l'accident elle avait fait la paix avec son visage et sa cicatrice. Mais il était l'heure de ramener les regards sur sa beauté et de quitter les courbes. Puisqu'il n'y a pas d'ambition sans discipline, en trois semaines elle avait déjà perdu deux tailles de robe, consentait deux heures de massage et d'étirements par jour, mangeait comme un moineau, jus d'orange, eau, un toast, café noir le matin, un œuf à la coque les jours de tournage, salade verte, viande maigre et thé glacé à midi. Pendant qu'elle changeait d'apparence, elle lisait Shakespeare et apprenait la couture, enfin la mode, en disant que manier une aiguille était un bon début pour une vie dans des habits de star, puisque c'était l'effet qui comptait, pas la marque. Elle changeait de parfum chaque semaine, sans laisser deviner si c'était parce qu'elle était indécise, pour brouiller les pistes ou parce qu'elle changeait d'amoureux.

Avec ses amies ou les garçons, elle allait voir les films dans les cinémas de Sid Grauman, le millionnaire aux cheveux gris extravagants, qui avait ouvert son Chinese Theatre, sur Hollywood Boulevard, en 1927, avec ses ouvreuses en béret de velours noir, blouse flottante et décolleté, gilet blanc et pantalon de soie blanche, bas de soie et souliers de satin à hauts talons. L'été californien devenait enfin doux dans les salles depuis qu'un système vaporisait de l'eau glacée, les spectateurs cessaient de s'assoupir sous la chaleur ou de quitter le film pour filer à la plage.

Au moment où Pathé avait annoncé son basculement dans le tout parlant, à l'automne 1928, Carole était présente pour les premiers tests de voix, et quand elle avait un bout de rôle, une figuration, peut-être une phrase, elle avait du mal à ne pas être au studio à 9 heures lorsqu'elle était convoquée à 16 heures, c'est ce que lui faisait l'envie d'être le plus longtemps possible à l'endroit où elle avait toujours rêvé d'être. Il surgissait l'esquisse d'une boulimie, ou de la recherche d'un absolu, parce qu'elle prenait des cours d'art dramatique, puis de danse, puis de natation, puis de voile. Ensuite elle apprenait à monter à cheval parce qu'un jour les femmes tourneraient dans des westerns sans chanter à côté du piano mécanique dans une robe à crinoline, et il faudrait être prête.

Quand elle ne tournait pas tous les soirs, elle passait dans les bureaux, hantait les couloirs, comme si elle avait quelque chose à faire, pour être sûre qu'on ne l'oublie pas, mais Pathé hésitait à étendre son contrat : blonde, jolie, ressemble un peu trop à Constance Bennett. Elle avait fait circuler, en vain, une photo prise par Pathé en 1929, qui disait un charme, comme un sortilège : elle était presque nue et on ne regardait que ses yeux.

*

Il lui avait bien fallu, dans les studios où le pouvoir avait soutenu le désir des hommes, choisir ceux qu'il faudrait éviter, ceux dont il faudrait se servir, et garder de la place pour ceux qui seraient aimés. Depuis le milieu des années 20 et ses premiers contrats à la Fox, Carole les connaissait, tous, presque tous, les bellâtres qui dansaient le charleston au Cocoanut Grove, les premiers acteurs qui n'étaient pas assez muets, le milliardaire dont elle n'avait jamais prononcé le nom. C'était Howard Hughes, elle était tombée amoureuse en 1929 et lui peut-être pas. Personne ne les avait jamais vus ensemble, une limousine venait la chercher et la déposait à l'heure convenue dans un château de Hollywood, les amies de Carole savaient seulement qu'il était élancé, sombre, séduisant, héritier d'une grande fortune et qu'il aimait les avions. Howard Hughes cherchait une jeune actrice pour *Les Anges de l'enfer*, et il en cherchait souvent. La légende prétendait que, lorsque Carole était venue tenter sa chance au casting, Howard Hughes lui avait lancé qu'une de ses connaissances l'avait présentée comme un garçon avec des seins. Alors elle avait ajouré sa robe pour lui montrer son sein gauche, et lui avait lancé qu'il verrait le sein droit et tout le reste quand elle aurait le rôle. Il avait fini par tout voir, sans lui donner le rôle. Un jour que Cecil B. DeMille avait viré Carole de son film *Dynamite*, elle était allée voir son amant pour s'en faire consoler, mais elle avait croisé Jean Harlow triomphante sur le palier, avait fait demi-tour, pressentant sa défaite et décrétant la fin de sa dépendance amoureuse.

Elle vivait au milieu d'hommes qui la considéraient de haut en bas, et inversement. Ainsi Joe Kennedy, son premier producteur, président de Pathé en 1928, père de J.F.K. et de Bobby, accessoirement amant de Gloria Swanson, la diva qui, revenant de France où elle avait tourné *Madame Sans-Gêne*, avait envoyé ce télégramme pour organiser son retour : « Prévoir ovation, SVP. » La famille Kennedy aurait génétiquement du mal à résister à une jolie blonde, mais quand Joe lui avait dit la première fois qu'elle avait des kilos à perdre, elle avait répondu qu'il n'était pas tellement mince non plus. Et quand il lui avait demandé si elle, la fille du cinéma muet en maillot de bain, se sentait capable de passer au parlant, elle avait rétorqué : « Qu'est-ce que vous en pensez ? Est-ce que je suis en train de vous parler ? »

Elle commençait à comprendre l'intérêt de s'exprimer comme un marin pour survivre sur terre, et elle disait ce n'est pas moi, c'est Carole Lombard, vous pensez bien que Jane Peters surveillerait son langage, et c'était son nom de jeune fille. Sur le plateau de *Supernatural* en 1933, un film raté, mal joué, mal réalisé, mal budgété, elle avait lancé la première un mot qui traverserait le siècle, et celui d'après, dans d'autres situations et d'autres langues : « Qui faut-il baiser pour quitter ce film ? » Cette fois, elle était restée.

Elle avait connu bien d'autres hommes, bibliquement ou d'un peu moins près, mais beaucoup Gary Cooper, pour qui elle en avait pincé quand il était avec la comtesse di Frasso, et puis les autres acteurs, jusqu'à son premier mari, William Powell, séducteur célèbre, une raideur élégante et austère, une moustache, deux fossettes, presque deux fois plus âgé qu'elle, entouré d'amis méfiants qui appelaient Carole « la chercheuse d'or avec une grande bouche ». Ils disaient : tu as vu, elle ne porte pas de soutif, on voit bouger la pointe de ses seins, et on voit vraiment beaucoup ses jambes.

*

Le cinéma, les hommes, il était difficile de ne pas rêver à l'un sans déambuler au milieu des autres, mais quand ils commençaient à lui murmurer à l'oreille, ce n'était pas pour lui souffler son texte. Qu'est-ce que l'on voulait d'elle, un palmarès ? Elle était amie avec des hommes dont la conception de l'amitié avec une femme consistait à l'amener dans leur lit. Elle avait probablement fait le tour de Hollywood, ou un tour de Hollywood, toute vie était un voyage et le sexe lui était un plaisir, une arme politique ou un regret. L'époque et la ville mélangeaient les apparences, parce qu'il lui arrivait d'avoir des amoureux qui n'étaient pas ses amants, soit qu'ils étaient timides, soit que la Paramount avait inventé la liaison. Quant au sexe, elle avait choisi sa position : aux journalistes elle avait lancé que l'idée du besoin mâle, mais pas féminin pour ces choses-là, c'était d'immenses conneries, si vous vouliez son avis.

Elle n'avait qu'une règle, enfin deux : coucher seulement avec les hommes qu'elle appréciait vraiment, et jamais avec les hommes mariés « conventionnellement », c'était elle qui avait apporté cette précision. Cela laissait un peu de marge, tout de même, pour s'arranger de la règle numéro deux.

8

Elle était attirée par la face européenne et sophistiquée des hommes de Hollywood, avait connu très jeune Ernst Lubitsch, par sa mère, et il fallait croire que cet historique familial avait protégé Carole de ses assauts, enfin peut-être.

Remonter la liste de ses conquêtes comme un fil ne menait nulle part, du moins ailleurs qu'à Hollywood. D'abord Harry d'Arrast, un ancien assistant de Chaplin, un réalisateur du muet né en Argentine et qui avait vécu à Paris, la liaison avait été brève mais l'horizon vaste. Puis Rouben Mamoulian, mais ses hommes n'étaient pas tous réalisateurs, ou pas encore, la preuve Preston Sturges était scénariste à l'instant de leur histoire, mais elle avait mis fin à l'affaire après qu'elle avait découvert qu'il se vantait de ses prouesses. Avec Donald Ogden Stewart, elle avait rapidement mis les voiles, il était marié. Elle avait aussi vécu une romance avec un auteur de deux fois son âge, Horace Liveright, un ancien éditeur ruiné par le krach de 1929, à qui la Paramount donnait un petit salaire pour trouver des histoires, et il essayait de les vivre. Elle émargeait également au rang désolé de celles qui auraient aimé renverser les préférences de Noël Coward. Pendant que sa vie mondaine la distinguait à parité de sa jeune vie d'actrice, elle poussait la presse à révéler qu'elle préférait dormir nue, qu'elle ne portait pas de soutien-gorge, qu'elle en aurait peut-être un si elle avait quelque chose à mettre dedans, et si cela ne valait pas un film réussi, c'était une autre manière de devenir populaire.

L'histoire du « e » ajouté au prénom qu'elle s'était donné, ce n'était pas elle. C'était le peintre qui avait mal recopié les noms sur l'affiche de *Le meilleur gagne*, en 1928, et voir « Carole Lombard » comme ça, sur Hollywood Boulevard, cela lui avait bien plu. Il avait seulement fallu trouver une autre explication qu'un peintre qui ne l'avait pas fait exprès, alors Lubitsch lui suggérerait, plus tard, la numérologie pour justification, il savait que ce n'est jamais l'histoire qui compte mais la manière de la raconter. Tout le monde l'avait crue ou avait fait semblant, cela ne faisait pas tant de différence dans la ville.

Un jour, quand même, il avait fallu envisager de passer des hommes à un seul homme et se souvenir de la vie rêvée des princesses qui avaient grandi dans les faubourgs de L.A. C'était exactement à cela qu'elle avait pensé, au début de l'année 1931, quand elle avait tourné avec William Powell dans *Man of The World*. Elle s'était accommodée depuis longtemps de la confusion de la célébrité et de la séduction, des bonnes et des mauvaises raisons qui suscitent l'attraction entre un homme et une femme, puisqu'elle ne croisait que des hommes séduisants, célèbres, généralement riches ; ce qui avait été un choix de vie était devenu un environnement. Avec William Powell, elle pouvait s'imaginer pour la première fois en tant que moitié d'un couple célèbre, plutôt que comme une actrice en devenir. Quand elle était entrée dans sa loge pour discuter, il avait murmuré qu'il avait l'impression d'avoir seize ans et d'être à un premier rendez-vous, et il avait presque raison, parce qu'il avait seize ans de plus. Ils avaient parlé sans s'arrêter, et il se souvenait très bien d'avoir pensé qu'un jour il lui demanderait de l'épouser.

C'était le mot qu'il ne fallait pas prononcer, elle l'avait prévenu dès le premier jour. Dans cette loge hors du monde et du temps, elle savait ce qui était en train de se passer parce qu'elle l'avait imaginé dans sa chambre de jeune fille, se faufiler derrière un plateau, entrer dans la loge de la star éblouie qui lui parlerait gentiment et finirait par la prendre dans ses bras. Elle lui avait dit tout de suite le mariage c'est dangereux, ça gâche de magnifiques amitiés qui auraient pu durer des années, l'idéal serait un compagnonnage calme, une vie de compréhension et de compromis, d'acceptation d'une passion vite éteinte. C'était vraiment l'idéal, ça ? Elle n'allait pas assez au cinéma.

*

Épouser William Powell, quand même. Il lui avait demandé sa main, elle avait dit non, son refus repoussait le soupçon d'une ambitieuse partie à la conquête d'un acteur plus célèbre qu'elle. Il inventait de nouvelles manières de poser la question, et elle de nouvelles douceurs pour lui faire savoir sa réponse. Il lui arrivait de tenter sa chance plusieurs fois dans la journée, mais elle refusait de se ranger pour lui, voulait parvenir à un pacte qui les préserve en tant qu'elle et lui, que jamais il ne s'oppose à sa carrière, et qu'il ne se formalise pas si elle déstructurait son existence organisée. Elle le savait, il y aurait des soirs et il y aurait des matins où elle lui serait peu supportable, cette femme qu'il ne voulait que pour lui, dans une vie qui commencerait à l'instant où finiraient les films, mais s'il fallait chercher le bonheur au moment où le rideau tombait c'était peut-être un mauvais signe.

Brun, grand, la moustache élégante, William Powell prenait toutes les actrices dans ses bras. Il était l'un des trois mousquetaires, le surnom des trois célibataires les plus populaires de Hollywood, avec Richard Barthelmess et Ronald Colman. Puisque les trois hommes ne pouvaient pas aimer la même femme, les deux autres s'étaient dévoués et n'aimaient pas beaucoup Carole. Elle était l'amie des hommes parce qu'elle parlait comme eux mais, aux yeux des deux autres mousquetaires, aucun langage ne pouvait chasser l'image de la jeune actrice qui avait choisi le bras d'un quadra comme marchepied. En vrai elle n'avait pas envie de jouer, juste d'être amoureuse de « Popsie », c'est le surnom qu'elle lui avait trouvé, et pour le reste, ces gars-là et tous les autres pouvaient se mettre leurs allusions où elle pensait. Quitte à coucher aussi largement, autant se marier avec les stars, et puis on ne dérangerait pas grand monde pour si peu, on n'irait pas jusqu'à l'église, on ne convoquerait pas toute la famille ni des générations de cousins, on serait une vingtaine à tout prendre, on finirait au restaurant, et on pourrait même passer la nuit de noces à dormir.

Le 26 juin 1931, dans la maison de la mère de Carole, sur Rexford Drive, un autel tout simple avait été habillé de quelques bouquets, un prêtre congrégationaliste avait célébré le mariage, Carole portait une belle robe et un corsage à fleurs, son père était absent, comme presque toujours dans sa vie, et elle s'était avancée dans l'allée, enfin entre les chaises du salon, au bras de son beau-père, Horatio Powell. Évidemment William avait eu du mal à lui mettre la bague au doigt. Les mariés s'étaient échappés assez vite, ils avaient filé dans la maison de Powell sur Havenhurst Drive, puis en lune de miel à Honolulu. Le début de *Ils vécurent heureux* : Carole avait été malade sur le paquebot, elle avait eu les symptômes de la malaria, était revenue, avait repris les tournages, avait rechuté parce que c'était une pleurésie, puis enchaîné les grippes, une pneumonie. Elle serait toujours mal fichue en deux ans de mariage, sans oublier les crampes et les douleurs une fois par mois, et quand la Paramount lui demandait pourquoi elle était toujours malade, elle rétorquait que Dieu avait inversé la formule, pour elle, il n'y avait que trois jours par mois où elle ne saignait pas.

C'étaient deux vies en parallèle plutôt que deux vies en une seule. Powell continuait de tourner, de voir les mousquetaires et de faire de la moto, avant de rentrer le soir et d'apprécier un foyer où il voulait contenir Carole, elle avait vingt-deux ans et il pensait qu'elle arrêterait le cinéma pour se consacrer à la chose la plus importante de sa vie, lui. Mais elle allait gagner sa liberté, embaucher le même agent que Powell, Myron Selznick, et obtenir de la Paramount un énorme contrat, parce que le studio imaginait que c'était une bonne manière de garder son mari dans la maison.

Chez lui, elle aimait l'aristocratie, le luxe, la bonté, l'acteur, et à ses copines elle disait que ce fils de pute jouait bien même quand il enlevait son pyjama. Chez elle, il aimait la beauté, la franchise, mais les jeunes mariés ne pouvaient rester complémentaires qu'à la condition qu'aucun n'essaie de changer l'autre. Au printemps 1932 étaient passés les nuages d'une dépression dans les deux ciels, l'épuisement, deux semaines au lit, chacun son tour. Elle lui avait suggéré de sortir un peu, et parfois ils prenaient la route à minuit pour Palm Springs, Santa Barbara ou le Mexique. Ils poursuivaient le bonheur conjugal qui était derrière eux.

*

Powell avait envie de calme, s'était lassé de la vie nocturne, voulait des dîners entre amis. C'était d'accord, elle n'irait plus au Cocoanut Grove ni au Roosevelt Hotel, et elle jouerait seulement au tennis pendant qu'il serait au golf. La crise, aussi, avait poussé Carole à moins tourner en 1932 après quelques films moyens en 1931. Elle restait à la maison, écoutait la radio, attendait son homme, mais ce n'était pas une vie, en tout cas pas la sienne.

À l'automne, la Paramount, au moins, l'avait envoyée tourner avec Clark Gable. Elle ne le connaissait pas encore, pas vraiment, elle savait juste que ce type répétait partout qu'il allait coucher avec elle, et elle savait aussi qu'il n'y parviendrait pas, enfin pas cette fois. Le film, c'était *Un mauvais garçon*, une histoire d'amour, elle une libraire toute simple, lui un joueur en cavale, qui décideraient leur mariage à pile ou face. Tout compte fait, ce n'était pas beaucoup plus aléatoire que dans la vraie vie, mais l'électricité n'était jamais venue entre les deux rôles principaux, alors qu'ils avaient passé le tournage à s'embrasser. Carole avait moqué l'ego de Gable en lui offrant un jambon avec le portrait de l'acteur en guise d'étiquette, cela faisait de bonnes photos pour la publicité du film. Elle ne voulait rien d'autre, savait exactement ce qui se disait, à la MGM et ailleurs, que Clark séduisait et qu'il se désintéressait sitôt qu'il avait couché, et il était rare qu'il ne se désintéresse pas. Elle avait décidé, elle, de faire l'intéressante, et elle était, accessoirement, mariée à William Powell.

Pourtant Hollywood bruissait, jugeait la jeune mariée malheureuse, regrettait de ne plus la voir assez, murmurait qu'on ne s'enterrait pas à son âge, que Carole passait trop de temps avec son mari à la maison et pas assez dans les studios. Elle n'avait pas l'énergie d'embellir ce mariage princier et banal que les mois avaient vidé de sa substance. L'histoire était éternelle, elle voulait sortir, il voulait rentrer. Elle dirait que le mariage avait été une perte de temps pour elle et pour lui, et puis qu'ils étaient trop gentils l'un pour l'autre, qu'elle avait longtemps attendu les étincelles.

Après quelques mois d'attentes asymétriques, robe de chambre contre robe du soir, elle s'était souvenue de sa jeunesse, avait divorcé d'un mari, gardé l'ami, éternel recours des soirs de tristesse, perpétuel concurrent de ses amants à venir. Quand ils la chercheraient, c'est chez William Powell qu'ils la trouveraient souvent.

Au bout des six semaines de séjour dans l'État voisin du Nevada, préalable légal à l'obtention du divorce, la formalité avait pris six minutes, en août 1933. Elle avait été contrainte de se plaindre que Powell lui parlait mal, qu'il était cruel et colérique, elle avait honte, mais les divorcés avaient pris le même avocat, et c'était lui qui avait écrit le scénario. Ils étaient habitués à mieux, en général.

En revenant, elle avait pris l'avion pour la première fois, avait refusé de sourire devant les photographes en quittant la passerelle, pour ne pas offrir le visage d'une divorcée joyeuse. Le couple avait continué de se voir, et de dîner ensemble chez Ciro, sur Sunset Boulevard.

Mais elle avait trouvé sa place dans le monde et c'était sans lui. Elle serait la blonde vive, bavarde, loufoque et drôle. La *screwball comedy*, c'était pour elle. Bientôt, ce serait elle. Elle deviendrait le visage d'un genre qui unifiait l'Amérique d'après la Grande Dépression, en racontant des histoires qui réconciliaient les classes. Sur certaines photos, la tête élevée, le front dégagé, les ondulations blondes, les narines pincées, l'élégance soudain mystérieuse, la manière de prendre la lumière, on aurait dit Marlène. Sur une autre, elle riait au éclats, et si l'on ne parvenait pas à imaginer une seule personnalité, c'est parce que le mouvement la définissait le mieux et c'était ce qui était gommé entre les deux poses. Jouer à être aussi vivante que lorsqu'elle ne jouait pas lui était tombé dessus comme une joie insoupçonnée, avec Howard Hawks, dans *Train de luxe*, la première grande comédie loufoque, en 1934. Le réalisateur la trouvait hésitante, presque timide, dans toutes ses scènes avec John Barrymore, et l'avait prise à part :

« Carole, dans la vraie vie, tu ferais quoi ?

– Je lui donnerais un coup de pied dans les couilles…

– Vas-y ! »

C'est comme ça que tout avait commencé, disait la légende. Des témoins de la scène racontaient une autre histoire : dans une prise d'essai, Carole avait déboutonné le pantalon de Barrymore et soupesé directement les avantages du vieux séducteur. Elle avait choisi son rôle : faire tomber les barrières, faire rire, parler comme une mitraillette à l'écran et comme un marin sur la terre ferme. C'était moins un don qu'une éducation réussie. Adolescente, elle avait réuni ses deux grands frères, les avait assis à la table familiale, et leur avait demandé de prononcer tous les gros mots qu'ils connaissaient, ainsi que leur signification. Elle avait retenu, elle avait répété, et tout cela permettrait à une jolie fille amicale, douce, élégante, d'agonir d'injures ceux qui auraient l'idée de ne pas contrôler leurs mains ni le reste.

Elle disait « *fuck* » tout le temps, c'était ce qu'elle avait trouvé de mieux pour mettre tout le monde à l'aise, et sur le plateau on l'entendait lancer «*shit*» ou «*son of a bitch*», blasphémer («*Jesus Christ!*»), si bien que les autres l'appelaient l'Ange profane et la jugeaient *salty*, ça oui, complètement salée.

Un soir de bal, sans baisser la voix ni les yeux, elle avait gentiment, poliment, clamé tout haut que ce putain d'enfoiré ferait bien d'arrêter de lui frôler les seins en se servant à boire, elle avait ajouté qu'il devait avoir une petite bite pour avoir choisi un aussi grand verre, et lui avait suggéré d'embrasser son cul, aussi, les autres hommes avaient ri avec elle, c'était sa manière. Pendant qu'ils y étaient, ils pouvaient arrêter de la reluquer comme si c'était à eux de décider, Carole avait toujours choisi ses bonshommes.

Au milieu des films qu'elle avait refusés et de ceux qu'elle aurait dû accepter, des coups de fil passés à Louella Parsons pour qu'elle écrive quelques lignes qui l'arrangeraient, de ses combats contre les producteurs, la légende rapportait ce dialogue au début des années 30, dans le bureau de Harry Cohn, le patron de la Columbia, à laquelle elle avait été prêtée.

Lui: Vos cheveux sont trop blonds. Vous avez l'air d'une pute.

Elle: Je suis sûre que personne ne sait mieux que vous à quoi ressemble une pute.

Il s'était calmé dans l'instant, avait déplacé le champ de la séduction, mais elle l'avait coupé : Écoutez, monsieur Cohn, j'ai accepté de jouer dans votre petit film de merde, mais vous baiser ne fait pas partie de l'accord.

Lui, épaté : Cela ne signifie pas que vous ne pouvez pas m'appeler Harry.

Elle disait tout haut ce que le code Hays interdirait de prononcer à l'écran à partir de 1934, merde, tapette, bordel de Dieu, con, bite, vierge, putain, maquerelle, couilles, fils de chienne, si l'on s'en tient aux récurrences. Les réalisateurs seraient priés de ne plus montrer les deux moitiés d'un couple dans le même lit au même moment, et soudain dans les films hollywoodiens madame n'arrêtait pas de se lever pour aller à la salle de bains quand monsieur venait se coucher. Il fallait rappeler le caractère sacré du mariage et l'adultère ne devait pas être présenté sous un jour trop attrayant, mais à l'impossible nul n'était tenu et Hollywood avait bâti sa légende sur le désir. Il entretiendrait ce désir, désormais, par le contournement du code et par des messages sexuels subliminaux, ou non, un train qui entrait dans un tunnel après qu'Eva Marie Saint et Cary Grant s'étaient allongés sur une couchette dans la scène finale de *La Mort aux trousses*.

Le plaisir souterrain de Carole était de terrifier les journalistes par sa franchise et de savoir que, puisque les studios contrôlaient tout, rien ne serait imprimé. Dans une interview à *Collier's*, elle avait confirmé qu'elle ne portait pas de soutien-gorge, bien sûr, et jamais de culotte avec une robe, qu'elle concevait la fidélité seulement si elle existait dans les deux sens, affirmait que le sexe était agréable et faisait du bien, évoquait ses liaisons et donnait des noms. Elle avait même assuré avoir cédé à un John Barrymore vieillissant, parce que c'était la meilleure chose à faire pour le film *Train de luxe*, et qu'il était un grand amant. C'était au journaliste, ensuite, d'écrire une autre histoire, déshabillée des vrais mots et de la plupart des faits. Plus tard, pendant qu'elle tournait *La Folle Confession* en 1937, un reporter lui avait demandé quelque chose sur Clark Gable que tout le monde ne sache pas déjà. Elle avait répondu tranquillement que Clark n'était pas circoncis, elle était sûre que le reporter ne le savait pas, sans rien en perdre, sur le siège d'à côté, Barrymore avait sorti une fiole de sa poche intérieure et s'en était jeté une lapée derrière la cravate.

Mais il y avait la posture, dans un univers censuré qui rapportait une autre histoire que celle que les acteurs vivaient, et il y avait la légende, ou la vérité du couple, qu'il ne fallait pas toucher. Quand on lui demandait alors Carole, le soir du Mayfair Ball, quand vous vous êtes absentée avec Clark, c'est ce soir-là que tout s'est passé, elle répondait qu'on attribuait à Gable trop de mérite, ou pas assez à elle-même, mais que rien n'était arrivé ce soir-là.

Un journaliste qui avait moins peur de ses réponses que les autres était parvenu à lui demander, une fois, quel était le plus grand amant de Hollywood. Sa réponse avait fusé : « George Raft. Ah, vous vouliez seulement dire à l'écran ? » Elle avait ajouté que, quand Raft vous faisait un cadeau, vous n'entendiez pas les cloches du mariage. Il l'aimait vraiment, elle aimait l'amant, et quand il insistait trop elle partait en vacances.

9

De ses soupirants, elle pouvait faire une liste mentale, en modifier le classement au fil des nuits où elle avait recouvré la liberté, après le divorce. Et puis un jour son amoureux avait eu le même âge qu'elle et ce n'était pas trop tôt. Russ Columbo était un enfant visité par des fées toutes italiennes, sûrement toutes musiciennes ; quand il quittait la table pour aller jouer c'était avec un instrument, n'importe lequel, mais surtout le violon, et puis à l'adolescence était apparue une voix de baryton qui hésitait entre la soie et le velours. Carole ne choisissait plus ses amoureux parmi les hommes ordinaires, et c'était surtout qu'elle ne fréquentait plus que les autres.

Russ Columbo était à la fois un autre et un semblable. Il était venu sur la côte Ouest avec sa famille italienne de Philadelphie et avait commencé par chanter où elle dansait, au Cocoanut Grove, et puis New York, la radio, les disques, les journaux qui évoquaient sa rivalité avec Bing Crosby, la renaissance d'un Rudolf Valentino. Le soir de septembre 1933 où il avait chanté en la regardant dans les yeux *You Call It Madness, but I Call It Love*, au Cocoanut Grove, Carole portait une robe de Travis Banton, elle s'en souviendrait très bien. À peine un mois après son divorce d'avec William Powell, elle était venue avec le scénariste Robert Riskin, et à force d'écrire des histoires Riskin avait reconnu celle qui se dessinait. Il lui avait juré que le crooner lui donnerait des nouvelles, et le lendemain elle avait reçu à la maison douze roses jaunes, une mesure de la folie et de l'amour, exactement comme dans sa chanson.

En retour, pour s'approcher plus près encore, elle avait trouvé le prétexte d'un cours particulier de chant pour un rôle à venir. Soit il n'était pas un si bon professeur, selon l'éternelle impossibilité de la pédagogie du génie, soit ils avaient fait autre chose pendant la leçon, des collégiens partis pour une jeune vie buissonnière, parce qu'au final elle avait été doublée dans le film. Elle chantait mal, c'était comme ça, et il était quand même plus simple de lui faire remuer les lèvres que d'ajouter plein de trompettes, comme dans un film précédent, pour noyer ses canards.

Soudain, on les avait vus partout, Carole et Russ, restaurants, tournois de tennis et night-clubs, alors elle lui avait donné un surnom, qui était toujours le signe que l'on entrait dans sa vie. Elle l'appellerait Roogie, ce fils de grande famille, dernier des douze enfants, cet amant magnifique et solaire. Leurs étreintes l'éloignaient de la pudeur et de la fugacité des Irlandais coincés, lui était inépuisable et amoureux, et il y avait une des deux qualités dont elle ne se lasserait jamais. Le sexe était un paradis et l'amour était mortel, une passion mais un étouffement, parce qu'elle était devenue le centre de sa vie, et qu'elle n'était pas décidée à laisser un homme s'approcher aussi près. Elle l'aidait à surpasser sa timidité et il lui faisait visiter les domaines inconnus d'elle, la chanson, la radio, une famille catholique italienne.

Pour le reste il continuait de chanter et de séduire, toujours précédé par la rumeur de ses performances d'amant qui nourrissait le murmure féminin à son entrée en scène.

Il assurait n'avoir plus de vie sans elle, restait une heure à la regarder sans bouger, la demandait en mariage, et elle disait non parce que cet amour l'émerveillait et l'enfermait du même élan, parce qu'elle craignait ce que le mariage faisait au sentiment, et que personne ne peut être le seul but de la vie de l'autre. Elle lui était attachée et grignotait ses liens dans le même temps, était attirée par la beauté mais pressentait les ténèbres, pendant qu'il chantait pour toute l'Amérique que son amoureuse était « *too beautiful for words* », trop belle pour les mots, et l'amoureuse c'était elle.

Elle ne voulait pas se demander combien de temps durait le sentiment. Quand il semblait se transfigurer, c'était peut-être le couple qui changeait. Il ne voulait qu'elle quand elle aurait voulu respirer, réfléchir, faire un pas de côté pour se dégager de l'étouffement, et il lui arrivait de songer que la douleur du manque aurait mieux fait l'affaire.

Russ Columbo savait davantage les attirer que les garder, ses amoureuses. Il avait longtemps eu une relation avec une chanteuse mariée, Hannah Williams, qui était partie dans le Nevada pour divorcer et l'épouser enfin. Mais au milieu de son séjour, deux jours après lui avoir envoyé une longue lettre d'amour, la chanteuse l'avait quitté pour rejoindre Jack Dempsey, l'ancien champion du monde de boxe, le vainqueur de Georges Carpentier. Déprimé par le revirement d'une femme parvenue à divorcer d'un mari, à quitter son amant et à trouver un nouveau mari d'un seul élan, il avait fait ce que font les enfants italiens aux yeux tristes. Il était retourné vivre chez sa mère.

*

À la fin de l'été 1934, fatiguée d'avoir trop tourné, et peut-être d'avoir vu Russ débarquer chaque jour au studio, Carole avait emmené sa mère et Fieldsie à Lake Arrowhead, à deux heures de route, au lendemain de la première d'un film où jouait Russ, *Wake Up and Dream*. Sur l'écran, la voix de son amant se révélait au début de l'histoire, pendant qu'il chantait *Too Beautiful for Words*, la chanson de Carole, et le film s'achevait pendant qu'il la chantait encore, de sa douceur de baryton.

L'idée de Carole était d'échapper à l'épuisement comme à la sollicitude, mais le soupçon courait Hollywood qu'elle l'avait quitté, ou qu'elle s'apprêtait à le faire, parce qu'il lui arrivait d'être chez William Powell quand Russ l'attendait, par exemple le soir de l'anniversaire du chanteur, et que choisir son ancien mari à la place de son amoureux n'était pas dans l'ordre des choses, même dans une ville à la morale réversible. Quelque chose dans l'air l'éloignait du chanteur, l'érosion du sentiment, peut-être, sa manière de grignoter ses liens, toujours.

Carole et Russ étaient restés ensemble plutôt longtemps à l'échelle de leur endurance respective, bientôt un an, mais il était bien possible que l'un des deux se soit senti un peu plus ensemble que l'autre. Ainsi que les amoureux incertains et les amants jaloux, Russ avait choisi de se rapprocher pour s'installer dans une maison sur Outpost Circle, à deux pas de la maison de Carole Lombard et à cinq minutes de chez William Powell, et c'était une mauvaise combinaison, la surveillance et cet aveuglement, ce souffle dans le cou cependant qu'elle espérait de l'air. Il la suivait et elle s'éloignait, il la poursuivait et dans son journal du 5 février 1934 il avait écrit qu'elle avait passé la nuit chez William Powell. Il l'avait vue entrer, puis ressortir, depuis sa vigie désemparée. Le lendemain, il l'avait appelée pour lui demander des comptes et la réplique avait fusé, c'était un métier, même sans projecteurs ni scénario : mon amour, votre foi et votre confiance en moi sont des inspirations constantes. Elle savait être méchante sans un gros mot, ils mettraient cinq jours à se réconcilier et elle avait probablement oublié de lui dire qu'elle était désolée.

Mais elle dirait qu'elle l'aimait. C'était le mariage qu'elle n'aimait pas, lui semblait-il ; quand elle démêlait sa vie sentimentale, vieille pelote familière, toujours elle revenait à ce point de départ qui portait déjà la fin de l'histoire. Bien plus tard, dans le cadre d'une interview à *Life* dont elle ferait la une, en octobre 1938, elle dirait en off au journaliste que Columbo était le grand amour de sa vie. C'était sa nostalgie, sa façon de brouiller les pistes, ou alors c'était vrai, mais c'était peut-être, aussi, parce que ce n'était pas elle qui était partie.

Du jour funeste elle ne saurait jamais la vérité, de toute façon personne ne connaissait jamais la vérité à Hollywood. Les studios arrivaient plus vite que la police sur les lieux d'un crime, c'était plus sûr ; ils pouvaient continuer de faire ce qu'ils faisaient de mieux, inventer une histoire plus belle que la réalité, distribuer les rôles, détourner l'attention, enrichir l'apparence et la narration avec un peu de maquillage, un accessoire soudain apparu ou disparu au fond d'un lac. Pour les faux témoignages le choix était vaste, le moindre acteur de passage requis pour une déposition de police avait l'impression d'une matinée au bureau.

Ainsi passait la brigade des arrangeurs, ceux-là mêmes qui avaient fait disparaître tous les éléments d'enquête entourant la disparition de Paul Bern, le deuxième mari de Jean Harlow, le 2 juillet 1932, retrouvé mort chez lui avec une balle dans la tête, ce qui pouvait arriver, mais donc chez la star, ce qui était plus gênant. La pointure de la MGM, Eddie Mannix, l'as du ni vu ni connu, le roi du scénario d'urgence, avait tout arrangé avant la venue des inspecteurs du LAPD pour que l'on puisse croire à un suicide. Jean Harlow avait été exfiltrée de chez elle, envoyée chez sa mère. Ledit Paul Bern avait oublié de prévenir la blonde qu'il était couvert de dettes et déjà marié à une femme qui le faisait chanter en le menaçant de révéler sa bigamie. Trois jours après la mort de Bern, la première épouse s'était suicidée en sautant du Delta King de Sacramento ; en ce temps-là, Hollywood savait réussir la fin d'une histoire.

Étouffer le scandale et maquiller la réalité nécessitait d'être inventif, mais les gens du cinéma passaient une vie à travailler sur l'illusion et l'apparence, et les arrangeurs avaient assez d'imagination et de savoir-faire pour faire passer un crime par arme blanche en accident domestique avec un ouvre-boîte. Leur art leur donnait un coup d'avance, et parfois neuf mois.

Hollywood se demanderait souvent si Carole Lombard savait pour Loretta Young, au profit de laquelle les arrangeurs avaient tenté d'appliquer la très ancienne théorie de l'Immaculée Conception. Loretta Young, un visage de madone, bien longtemps avant de finir dans les bondieuseries de la télé américaine de l'après-guerre, avait tourné *L'Appel de la forêt*, en 1934, dans le Klondike, où elle avait plutôt répondu à l'appel de Gable, dans le lit de l'acteur. Le réalisateur, William Wellman, dirait que Gable ne pensait qu'à une chose sur le tournage et que ce n'était pas au travail. Quelques mois plus tard, des articles de journaux avaient évoqué l'interruption de la carrière de Loretta Young pendant un an, pour raisons de santé. Elle était très malade : enceinte et célibataire, sa carrière risquait effectivement de ne pas survivre. Les arrangeurs s'étaient surpassés. Loretta Young était revenue quelques mois plus tard, avait recommencé à tourner, et puis un jour des journalistes l'avaient accompagnée dans un orphelinat de San Diego, évidemment choisi au hasard, où elle venait décorer le sapin de Noël. Là-bas, toujours par hasard, elle était tombée sur une petite fille ravissante, Judy, qui avait touché son cœur avec son beau sourire, ainsi que ses grandes oreilles qui rappelaient quelqu'un. Elle avait décidé de l'adopter, et c'était ainsi que Judy était devenue sa fille en mai 1937, moins de deux ans après qu'elle l'avait mise au monde.

*

Pour Russ Columbo, il n'y aurait pas de vérité accessible, ni tout de suite, ni beaucoup plus tard, soit qu'elle ait été enfouie dans les tréfonds, soit qu'elle ne fût pas différente de l'enchaînement des faits apparents et des ressources du hasard pour créer le malheur à partir de rien, d'un geste infime inconscient de ses conséquences.

Le samedi 1er septembre 1934, Russ s'était rendu chez son ami Lansing Brown, un jeune photographe qui vivait encore chez ses parents, et qui nourrissait suffisamment d'affection à l'endroit du chanteur pour que plane la rumeur d'un triangle amoureux, dans un décor hollywoodien très bisexuel. Russ était venu lui parler de la première de *Wake Up and Dream*, à laquelle son ami ne s'était pas rendu. Un domestique affirmerait que le ton était monté entre les deux hommes, mais les voisins n'avaient rien entendu, et les parents non plus, dans la pièce à côté. Juste un coup de feu.

L'enchaînement des fatalités, chacune d'entre elles indispensable, disait le chemin tracé par l'infortune : Lansing Brown manipulait un pistolet de collection, ignorait qu'il était chargé, avait frotté une allumette contre la crosse pour allumer une cigarette, l'étincelle avait fait s'enflammer la poudre, la balle était sortie du barillet, avait ricoché sur le mur, pour revenir se loger dans l'œil puis dans le cerveau du chanteur, qui s'était effondré sur le tapis du salon, se vidant de son sang. Il n'était pas mort, pas encore, avait été immédiatement transporté au Good Samaritan Hospital. Quelqu'un avait réussi à joindre Carole au téléphone à Lake Arrowhead. Elle était montée dans sa voiture en pressentant qu'elle arriverait trop tard.

*

Le hasard et le malheur s'étaient alliés, ils avaient fait des efforts. Dans deux hôpitaux de la ville éloignés de quelques kilomètres étaient allongés Giulia Columbo, la mère, deux jours après une attaque qui l'avait laissée affaiblie et désorientée, et Russ Columbo, le fils, inconscient et mourant, une vieille balle rouillée dans le cerveau. De son lit, Giulia avait appelé Russ quand elle s'était réveillée, mais au vrai elle ne l'appelait jamais Russ, il était Ruggiero pour l'éternité, et cette éternité était fragile, un temps aléatoire et suspendu.

Étourdie, sans repères, Giulia avait le cœur en vrac au milieu du bonheur, parce que l'amour qu'elle portait à ses enfants ne s'était jamais divisé. Elle l'avait multiplié par douze et portait déjà le chagrin de la perte d'une fille, Fannie, victime de l'épidémie de grippe espagnole en 1918. Les autres, les survivants qui glissaient d'un hôpital à l'autre à petits pas pour ne pas déranger la mort, taisaient le drame. Russ continuait de ne pas répondre quand elle murmurait son nom sitôt qu'elle croyait entendre son pas dans le couloir.

L'opération au cerveau avait échoué. Russ avait survécu quelques heures, et puis il s'était éteint, entouré de ses frères et sœurs, de Sally Blane, aussi, une amie très proche, sœur de l'actrice Loretta Young. Il n'y avait pas de cartons pour attribuer les places au chevet du crooner et celles dans le couloir, au milieu de l'armée des ombres, de tous ceux que la nuit ronge quand les heures sont un glas. Carole de toute façon était arrivée trop tard, depuis Lake Arrowhead elle avait bondi dans sa voiture pour revenir de deux battements d'ailes et d'un battement de cœur suspendu, mais sitôt qu'elle avait franchi la porte, le couloir avait senti la mort, la stupeur et l'absence.

Il était difficile de comprendre ce que le destin avait échafaudé mais il allait falloir essayer. Il s'ouvrait une trinité romanesque autour de la mort de Russ Columbo : un drame de l'amour, une enquête policière et un mensonge magique. L'amour était ce qui resterait après que la mort les avait séparés, l'enquête ce qui serait le mieux oublié, et le mensonge aiderait à vivre, à survivre du moins.

*

Pendant que la famille italienne pleurait le frère dans la tombe et veillait la mère sur un fil, il fallait que Carole organise les funérailles, comme si le souvenir de ses fêtes la désignait mieux encore que sa condition de fiancée du défunt. Elle avait demandé à Jack Pierce, le maquilleur d'Universal qui avait créé Frankenstein et Dracula, de refaire le visage et la tête de Russ, pour le ressusciter intact, cercueil ouvert, à l'église du Saint-Sacrement, sur Sunset Boulevard, où trois mille personnes s'étaient pressées. Pour l'enterrement, à Glendale, elle avait demandé à chacun de venir avec un gardénia à la boutonnière. Elle-même hésitait à assister à la cérémonie, trop de morts, trop souvent ce cimetière, et quel visage offrir sinon celui de la douleur, ces stigmates d'un amour perdu et d'un vide agrandi par la culpabilité d'avoir choisi d'être ailleurs ce jour-là.

Elle disait que, si elle avait dû porter le deuil de tous ses amis partis, il ne lui aurait fallu que des robes noires. Elle n'irait même pas aux funérailles de son père, dans l'Indiana, mort en février 1935, à cinquante-neuf ans, des suites d'un cancer, trois jours après une opération de la dernière chance. Elle ne l'avait pas vu depuis une visite à Fort Wayne en 1930, refusant d'être un spectacle à l'enterrement, de montrer ses larmes ou de montrer qu'elle n'en aurait pas pour ce père sorti de sa vie, ce père que sa mère et la fratrie avaient dû fuir après qu'un accident lui avait endommagé le cerveau. Il avait fallu aller jusqu'à la mer et s'arrêter à Los Angeles pour se soustraire à son comportement erratique et à ses accès de rage.

Mais elle allait venir aux obsèques de Russ, bien sûr, s'installer aux premiers rangs au milieu de la famille, être secouée de sanglots, et personne ne saurait ce qui se mêlait au salé des larmes, l'amertume et la culpabilité, une tristesse et le vide.

La mort du père, la cicatrice, le drame de Russ, voilà ce qu'elle en pensait, à peu près : notre destin est fixé, l'heure est programmée, c'est même pour cela que les accidents arrivent, pour faire respecter l'heure.

*

Puisque le mensonge était tombé du ciel, et puisque personne n'avait eu le courage de l'éclaircir, il fallait s'organiser. Giulia Columbo s'était remise, doucement, de son attaque cardiaque, une vieille dame dans sa soixantaine, presque aveugle de surcroît ; quand elle avait fini par quitter l'hôpital pour rentrer à la maison, dans les dernières semaines de 1934, elle avait demandé des nouvelles de son Ruggiero et personne ne s'était résolu à lui dire la vérité, au début. Au milieu non plus, pourquoi maintenant ? À la fin, ce n'était plus la peine, il était trop tard. On attendait le bon moment mais il n'y a pas de bon moment pour annoncer à une mère la mort de son fils. Sans le savoir, Giulia Columbo survivrait dix ans à son fils, jusqu'au début de l'année 1944.

Chaque jour de sa vie, quand elle demanderait des nouvelles de Russ, on lui raconterait une histoire merveilleuse : Russ était parti à New York épouser Carole Lombard en secret, et tous les deux s'étaient installés à Londres pour une longue tournée européenne de cinq ans. Le complot avait dû s'équiper, fabriquer un tampon postal de Londres, écrire des lettres signées Carole et Russ, faire envoyer des paquets pour Noël, passer un vieux disque en prétendant que Russ chantait en direct à la radio, montrer à Giulia l'argent que son fils célèbre faisait envoyer à la maison, sans lui dire qu'il s'agissait des 398 dollars mensuels de l'assurance qu'il avait prise à son profit.

Jusqu'à sa mort, elle croirait son fils heureux, parmi les vivants, parti à la conquête du monde et monté si haut dans le firmament qu'il n'avait pas eu le temps d'en redescendre pour embrasser sa mère. Les années passeraient dans l'illusion d'un retour imminent, mais sans une visite, sans un coup de téléphone ; elle se dirait, peut-être, que le destin magnifique présentait la note et que l'on ne pouvait pas séduire la planète d'une voix de baryton et d'un sourire à tomber, et revenir sans cesse à la maison.

Elle se dirait, peut-être, qu'on lui mentait, mais peut-être pas. Face à la notion évolutive du temps et de l'absence dans sa tête fatiguée et sensible au brouillard, l'idée d'un fils qui aurait préféré la gloire à sa mère lui faisait trop mal pour s'insinuer vraiment dans les espaces courts de sa lucidité. Elle se dirait qu'elle avait tort, que cela ne faisait pas si longtemps qu'elle avait serré son Ruggiero dans ses bras, que c'était elle qui ne se souvenait plus, que ce n'était pas lui qui n'était plus venu. Et si elle avait songé à poser la question à ses fils et ses filles, elle aurait renoncé à les inquiéter et à leur laisser croire que la vie et les souvenirs lui filaient entre les doigts.

Un matin de printemps, l'un de ses enfants arrivait avec du courrier, c'était une lettre de Carole et il la lisait à haute voix, lui montrait le cachet postal de Londres comme une preuve et un exotisme. Chère Giulia, ah si vous saviez comme vous nous manquez, et comme nous nous réjouissons que votre santé s'améliore, Londres est magnifique aux beaux jours pour un couple qui s'aime d'un aussi grand amour.

Un matin d'hiver, une autre lettre de Carole et Russ était annoncée. Chère Giulia, Londres est une ville magnifique sous la neige, mais la Californie, le soleil et la chaleur de votre maison manquent profondément à Russ comme à moi-même. Votre fils, qui a chanté au Royal Albert Hall devant le roi, se joint à moi pour vous embrasser tendrement. C'était signé Carole Lombard-Columbo, mais dans l'organisation de ce mensonge hors du temps il avait fallu surveiller les journaux, parce que Carole enchaînait les films et les soirées à Los Angeles, et qu'elle faisait les gros titres de la presse populaire depuis qu'elle était devenue l'amoureuse de Clark Gable. Giulia Columbo ne sortait plus de chez elle et avait peu de chances de tomber sur le *Los Angeles Times* ou le *Los Angeles Examiner*, avec sa vue déclinante, mais il fallait se méfier de chaque conversation, de chaque invité de passage, lui annoncer à quel moment de l'histoire inventée il faisait son apparition. Quand des personnages de la vie imaginaire quitteraient la vie réelle, on recyclerait les lettres anciennes. Il avait été plus difficile d'expliquer que les gens aimaient tellement les anciennes chansons de Russ qu'il n'avait pas besoin d'en créer de nouvelles.

Le temps glissait mais il n'aurait pas fallu souhaiter aussi fort que plus personne ne parle de

Russ autour de Giulia, même pour une bonne cause, parce qu'il avait été rapidement oublié ; il n'y aurait bientôt que ce mensonge pour maintenir son souvenir aussi vivant, alors qu'il était allongé au Grand Mausolée de Glendale, dans une crypte, à quelques kilomètres de la maison, ce qui était vraiment très près et très froid pour un homme censé courir le monde sous la lumière.

10

Au fond, elle avait su choisir son premier mari, puisqu'elle avait réussi son premier divorce. En 1936, trois ans après qu'elle l'avait accusé de cruauté mentale ou d'une calamité approchante en croisant les doigts de la main gauche pendant qu'elle signait le mensonge de la main droite, William Powell et Carole Lombard avaient tourné ensemble *Mon homme Godfrey*. L'ambiguïté leur était passée, mais pas l'affection, ils ne s'étaient pas assez disputés pour le ressentiment. Pendant que Carole se laissait happer par le loufoque et la comédie qui étaient sa gloire, Powell imitait son propre maître d'hôtel, la chimie fonctionnait si bien entre eux que la partie de la presse qui ne savait pas encore pour Gable se demandait si jamais, si par hasard, si peut-être. Cela avait duré jusqu'à ce que l'actrice obtienne l'officialisation de son changement de nom, de Jane Peters Powell à Carole Lombard – une signature avait effacé ses passés de jeune fille et de femme mariée.

Carole avait séduit William Powell au sommet et le retrouvait juste avant qu'il n'en glisse doucement. Il avait déjà quarante-quatre ans, il était à deux ans seulement de recevoir une lettre l'informant qu'il était un has been et que la Warner n'avait plus de projet pour lui, mais cette année-là il était d'abord fou amoureux de Jean Harlow rencontrée sur le tournage d'*Imprudente jeunesse* en 1935. L'âge ne comptait pas, d'ailleurs Jean Harlow avait vingt-quatre ans et elle avait déjà divorcé trois fois. La troisième fois, le motif avait été que son mari lisait au lit, les hommes avaient failli s'étouffer face à l'outrage fait à la blonde platine, quand nombre de femmes avaient jalousé cette vie rêvée.

Jean Harlow voulait se marier, encore, mais William Powell disait à ses amis qu'on n'épouse pas une fille avec laquelle a envie de coucher la moitié de l'Amérique, ce qui était une étrange manière de considérer sa chance.

Carole et beaucoup d'autres avaient toujours trouvé que « Baby » était une chic fille en surplus d'une actrice formidable à la simplicité fluide et nue, et elle n'en aurait pas dit autant de toutes les anciennes maîtresses de Gable. En fait, pour

« Baby », elle n'en était pas sûre, enfin presque, enfin pas tout à fait. Elle s'accrochait au paradoxe que Gable avait tourné si souvent avec elle qu'il ne s'était peut-être rien passé, et si c'était avant elle ce territoire avait droit au secret.

Jean Harlow n'avait que vingt-six ans quand l'opération d'une dent de sagesse avait salement dégénéré, parce que la pratique religieuse de sa mère interdisait les médicaments. Sur le tournage de *Saratoga* avec Gable, elle était malade, vidée de son énergie, et sur le lit qu'elle ne parvenait plus à quitter la lumière baissait. Quand Gable était allé la visiter et s'était penché pour l'embrasser, il avait été touché par l'évidence que Jean Harlow sentait déjà la mort, mais pas seulement, elle souffrait d'un empoisonnement des reins, et c'était une odeur d'urine qui remontait au bord des lèvres que le monde entier avait rêvé de presser. Les jours avaient défilé sans respirer et puis le 7 juin 1937 la nuit était tombée. Gable se sentait trop triste pour aller l'enterrer, là-haut, au mausolée de Glendale, mais la MGM avait requis la présence du roi aux funérailles de l'une de ses princesses les plus célèbres. Carole l'avait accompagné et lui avait glissé, tu sais, Pa, s'il m'arrivait quelque chose, je voudrais une cérémonie courte et toute simple.

Les histoires finissaient souvent mieux au cinéma, mais la ville des anges considérait la mort comme une activité en devenir, et s'il était difficile de savoir si la mort semblait plus réelle que la vie, elle était là, omniprésente et lointaine, s'affichant dans les mêmes formats que le dernier film de la Paramount. À tous les coins de rue, des publicités de cimetières : « Faites-vous enterrer ici. On ne fait pas mieux. » Ce qui était vrai, considérant la difficulté de faire mieux la deuxième fois. S'affichait aussi ce slogan pour un accompagnement musical : « Jusque dans le dernier repos vous pourrez écouter Bing Crosby », laissant supposer que l'enfer serait pour les autres, peut-être, selon les conceptions de l'éternité. Il y avait même cette réclame pour « le cimetière qui se passe de vendeurs », le Hollywood Forever Cemetery, tout cela parce qu'il accueillait la tombe de Rudolf Valentino, né Rodolfo Guglielmi, mort endetté, mais embaumé, enseveli sous les fleurs mais sans domicile éternel, allongé pendant plusieurs années dans le caveau d'une famille qui n'était pas la sienne, avant d'être ramené dans une tombe dont il ne serait plus un passager. Jean Harlow, au moins, n'aurait pas à déménager, ni à entendre Bing Crosby pendant l'éternité. Chaque soir, William Powell viendrait visiter le silence et sa tristesse.

11

Elle était heureuse sous cette cape qui lui faisait une auréole de soie, bleue comme le ciel, avançait à petits pas, contrôlait ses gestes, enfouissait ses emportements, protégeait sa robe de princesse en lamé or, et un trésor plus précieux qui tenait à un fil. Carole était enceinte, encore, enfin, connaissait mal la part du bonheur et de la malédiction, portait une joie plus fragile que l'embryon qui la tourneboulait, et dont le King ne savait rien. Ces fausses joies la détruisaient, chaque fois il fallait recommencer à croire en la vie, une autre vie à l'intérieur de la sienne et qu'elle porterait jusqu'au bout.

Elle brillait sous les lumières des cinq projecteurs géants, installés sur les toits, qui permettraient au Loew's Grand Theatre d'Atlanta d'être vu de la lune. Elle souriait au bras de

Rhett Butler, la foule criait, les photographes lançaient des « Carole ! » pour lui faire tourner la tête, et ce n'était pas facile depuis qu'elle était avec Gable. Les flashes avaient cessé d'éclater dans un grand bruit de verre brisé aux pieds des stars depuis qu'une commande les actionnait sans les faire exploser.

Le 15 décembre 1939, un peu après 20 h 15, deux mille trente et un spectateurs avaient assisté à la première d'*Autant en emporte le vent*. Au-dessus de la caisse du Grand Theatre, un écriteau annonçait que le film ne serait montré nulle part ailleurs, sauf à des prix spéciaux, avant 1941. Sur le ticket à dix dollars avait été reproduit le décor de Twelve Oaks, la demeure seigneuriale des Wilkes décrite par Margaret Mitchell, et l'entrée du cinéma elle-même avait été entourée de colonnades pour atteindre à la ressemblance, en dessous du fronton où Gable enlaçait Vivian Leigh et s'apprêtait à l'embrasser.

Carole n'était pas jalouse de l'Anglaise, puisque son homme la détestait, d'ailleurs il avait refusé de venir dans le même avion qu'elle, l'avait abandonnée aux Selznick et à Laurence Olivier, et il n'avait pas aimé tourner avec elle. Il avait encore moins aimé qu'elle ait autant de scènes et lui si peu, et quand le tournage débuté en janvier 1939 avait pris fin en juillet, il avait commencé à fêter ça, jusqu'à ce qu'il lui soit demandé de refaire quelques prises en août, et donc de retrouver l'Anglaise, ainsi que David O. Selznick. Il s'était juré de ne pas faire de promo, d'aller plutôt à la pêche ou à la chasse avec les copains, alors Carole s'était occupée de tout, elle avait organisé un autre avion, et si Gable avait continué d'annoncer qu'il n'irait pas à Atlanta, il avait cédé selon ses plans, sur le tapis rouge où Carole et sa cape bleue glissaient à son bras. Le roi s'était arrêté, avait prononcé devant les micros trois phrases qu'elle lui avait préparées peut-être, ou alors le service publicité de la MGM : « *Ladies and gentlemen*, ce soir je suis seulement un spectateur. Je veux voir *Autant en emporte le vent* de la même manière que vous. C'est le grand soir de Margaret Mitchell et des gens d'Atlanta. Permettez-moi de voir *Autant en emporte le vent* comme un spectateur. Merci. »

Il avait failli dire que c'était un film formidable et qu'il en était très fier.

Atlanta s'était arrêtée de vivre, mais peut-être la ville ne s'était-elle jamais sentie aussi vivante. Le cinéma qui la rassemblait racontait son histoire, et cette représentation de l'Histoire résonnait comme un hommage de l'Amérique, tant pis si c'était un hommage à la mentalité sudiste, ou alors tant mieux, la nostalgie se vendait mieux que la culpabilité. On aurait bien le temps de réfléchir à la meilleure manière de saluer les acteurs noirs du film en ces jours de fête, parce qu'on n'allait tout de même pas les laisser entrer au cinéma.

*

Le maire d'Atlanta, William B. Hartsfield, avait annoncé trois jours fériés à partir du 13 décembre 1939. Les enfants n'avaient pas classe. La royauté des années 30 visitait ses provinces et venait se faire acclamer par le peuple massé au bord de la route derrière les barrières, comme il l'était derrière l'écran.

Ce mercredi 13 décembre, Atlanta avait attendu le passage du couple royal pendant des heures. Gable et Lombard étaient arrivés les derniers, en SkySleeper, ils volaient depuis Hollywood et sur le fuselage s'étalaient le sigle de la MGM et le titre du film, *Gone with the Wind*. Quand l'avion s'était immobilisé sur le tarmac, les policiers se tenaient par la main, et c'était pour contenir la foule. L'accueil était presque intime en regard de la parade : le couple était monté à bord d'une voiture décapotable avec le maire, les papiers tombaient en confettis depuis les gratte-ciel, deux cent mille personnes leur avaient fait escorte de l'aéroport jusqu'au Georgian Terrace Hotel, où l'orchestre des filles militaires avait joué une sérénade pleine de cuivres qui faisait passer un souffle, où Hartsfield avait prononcé le discours d'un siècle, mais peut-être celui d'avant, et où Rhett Butler avait été invité à hisser le drapeau de la Confédération.

Présentations en majesté, hymne américain – toujours les cuivres –, porcelaine de Chine offerte à Gable, *press party* dans les salons, c'est-à-dire des interviews, des sourires et Gable cherchant une sortie de secours, puis, enfin, dîner à l'hôtel. Sur la page de garde du menu, Clark Gable s'apprêtait encore à embrasser Vivian Leigh. Sur le registre des réservations au nom de « Gone with the Wind », les Gable étaient tout en haut de la liste, comme à l'hôtel, où ils avaient demandé trois chambres pour deux, la 918, la 919 et la 920, un enchaînement qui semblait souligner la nécessité d'un terrain neutre quand on fait chambre à part.

À l'hôtel, Gable avait retrouvé son oncle Charlie, venu de Pennsylvanie; ayant dévoré ses liens de ses premières dents, il était réticent à renouer le fil avec sa famille de l'Ohio, mais Charlie Gable, c'était autre chose, un vieux monsieur qui possédait un cinéma, à bientôt quatre-vingts ans, qui visitait régulièrement le couple à Hollywood et qui, en retour, connaissait la plupart des hommes et des femmes dont les noms figuraient en lettres géantes sur le fronton de chez lui, à Sharpsville.

Le jeudi 14 décembre, Ann Rutherford, l'une des sœurs de Scarlett O'Hara à l'écran, s'était installée devant une machine à écrire de l'*Atlanta Journal* comme Margaret Mitchell en sa jeunesse. Claudette Colbert, qui ne jouait pas dans le film, était arrivée aussi, et la Géorgie ne savait plus si elle fêtait ces gens de cinéma ou si c'était l'inverse. On avait rallumé la lampe à pétrole historique à Whitehall à 10 h 15 pour signifier la flamme éternelle de la Confédération. En fin d'après-midi, le couple royal s'était rendu à l'Atlanta Junior League, à l'auditorium, pour un dîner, un spectacle et un bal. La presse avait publié le plan de table pour que le public sache où étaient les stars. Celles d'*Autant en emporte le vent* faisaient toujours table à part, les Selznick et Vivian Leigh d'un côté, les Gable et le maire à l'autre bout, et pour le bal, autant ne pas danser ensemble, cela leur éviterait de se marcher sur les pieds en prétendant ne l'avoir pas fait exprès. Rhett Butler, qui aimait toujours autant les discours, avait un mot à dire, on lui avait glissé un carton, toute une vie d'acteur avec les mots des autres pour en arriver là : « C'étaient vraiment des chants magnifiques et puissants. Maintenant, quelqu'un m'a dit que les jeunes allaient danser la polka. Il faut être jeune pour cette danse. Les voilà. » La salle avait applaudi à tout rompre.

Il y avait eu d'autres présentations, d'autres discours, et à 22 heures le bal avait vraiment ouvert. Carole Lombard n'était pas restée, elle avait rejoint sa chambre avec son secret du fond des entrailles, pendant que Vivian Leigh créait le mouvement en restant immobile, sur le trône où elle emportait le vent, cape d'hermine, bracelet de diamants et rubis, papillon en diamants dans les cheveux. Il manquait Ashley Wilkes au tableau, mais Leslie Howard avait choisi un costume plus moderne et rejoint l'armée anglaise.

*

Ces jours d'Atlanta disaient aussi les vaincus du film le plus attendu de l'histoire du cinéma, les bientôt oubliés, les déjà balayés, abandonnant George Cukor, le réalisateur des premières semaines, au coin de sa répudiation. Par bonheur pour Gable, cela faisait longtemps qu'il avait débarrassé le plateau. De quelque bout que l'on considère l'affaire, il avait fait virer George Cukor, réalisateur de femmes, pour le remplacer par son ami Victor Fleming, réalisateur d'hommes, au niveau de la poignée de main c'était autre chose. Cukor prétendrait toujours que Rhett Butler l'avait évincé pour sa connaissance d'un secret que l'acteur avait gardé dans le placard, une expérience de jeunesse vécue au contact de William Haines, en 1925, à une époque de sa vie où Gable avait tellement besoin d'argent qu'il avait fait commerce de ses charmes de manière réversible. S'il était devenu le King, Haines avait été la Queen. C'était le surnom caché de la star du muet de la MGM, mais après avoir tourné six films par an pendant des années, son homosexualité était devenue trop voyante pour le studio qui l'avait écarté des écrans en 1933. Quand il lui avait fallu prendre des cours de diction au début du parlant, un professeur avait stigmatisé sa paresse buccale, et il avait répondu que personne ne s'était jamais plaint. Haines tapait sur les fesses des techniciens, mais aussi d'Irving Thalberg, le patron, dans une soirée, avec ce mot d'excuse : « Oh, pardon, Irving ; je vous ai pris pour Norma. » Norma Shearer, l'actrice, l'épouse de Thalberg, celle-là même que Hollywood surnommerait la « veuve joyeuse » après la mort prématurée de son producteur et mari au cœur fragile.

Après que William Haines s'était fait pincer au septième étage d'un YMCA de Los Angeles avec un jeune marin, Louis B. Mayer l'avait définitivement viré de la MGM et lui avait fermé les portes des autres studios. William, que tout le monde appelait Billy, était ami avec trois stars :

Carole Lombard, Joan Crawford et Marion Davies. Lorsque Gable s'agaçait que Carole fréquente autant d'hommes, l'hôpital, la charité, tout cela, et qu'il lui demandait si elle n'avait pas d'amies, à la place, elle répondait qu'elle avait deux grandes copines, Mitch Leisen, le réalisateur, et « Billy » Haines. Il n'était pas facile de savoir de qui il fallait être jaloux avec les hommes « Gillette », ainsi surnommés par Hollywood parce que leur lame coupait des deux côtés. Carole avait embauché Billy comme décorateur pour sa maison de St Cloud Road, n'hésitait pas à se promener nue devant lui pendant qu'elle lui parlait et passait d'une robe à l'autre sans aucun autre tissu (« Je m'abstiendrais, Billy, si je pensais que ça t'émoustille »), et à la fin des travaux, un beau salon de velours avec six nuances de bleu, un lit recouvert de satin prune, des miroirs partout, Billy avait refusé son chèque. C'était un investissement, tout Hollywood allait suivre, il était passé des plateaux au décor sans sortir du placard, et il allait créer chez Joan Crawford, dans sa maison de Brentwood, une pièce à la lumière crue où elle bâtissait son empire, couche après couche, une illusion après l'autre, face à son miroir : si le maquillage était parfait dans cette pièce blanche, alors elle serait belle partout, ensuite, sous toutes les lumières du jour à venir et jusqu'au soir.

Que George Cukor connût assez bien Billy Haines pour avoir organisé une fête en son honneur avait été une raison de plus pour Gable de faire disparaître le réalisateur du plateau, après une colère monumentale où il avait lancé que ce n'était pas une fiotte, c'était le mot qu'il avait prononcé, qui allait lui dire comment Rhett Butler devait se comporter. Mais Victor Fleming, qui avait poursuivi *Autant en emporte le vent* en étoffant le rôle de Gable mais n'avait pas terminé le film, n'avait lui-même pas fait le voyage à Atlanta, encore fâché avec la moitié de la production, c'est-à-dire avec la moitié tempétueuse du caractère de David O. Selznick.

*

Le vendredi 15 décembre, au deuxième jour des festivités, les invités venus de Hollywood avaient déjeuné à l'Atlanta Athletic Club, puis ils avaient pris la direction de Grant Park pour assister au cyclorama de la bataille d'Atlanta. Quand ils étaient apparus, les flashes avaient explosé, comme lorsqu'ils avaient à marcher sur un tapis de verre pilé les soirs d'avant-première, mais c'était pour figurer la guerre de Sécession et les boulets de canon, et au lieu qu'eux-mêmes aient à sourire pendant que la lumière les aveuglait, ils avaient vu s'affaisser des centaines de figurants qui avaient appris à tomber dans d'horribles douleurs. Ce jour-là, Scarlett O'Hara et Rhett Butler avaient marché au milieu du front, presque ensemble. Le thé chez le gouverneur Ed Rivers, un peu plus tard, en avait été plus calme et n'avait pas débordé des tasses en porcelaine. Carole se souviendrait de Gable au centre du salon du gouverneur, occupant l'espace en majesté, un môme de l'Ohio devenu l'Homme. Ils s'étaient rendus au club de la presse des femmes, où Gable avait été pris en photo serrant la main de Margaret Mitchell, en se penchant pour la féliciter. Il avait plus d'admiration pour elle que pour ses producteurs et cette fois il ne jouait pas : ce n'était pas lui qui lui rendait visite, c'était elle qui l'accueillait, le King avait demandé audience. La photo s'était répandue dans le pays, Margaret et Rhett, tout *Autant en emporte le vent* était là, les rôles principaux réattribués.

Le soir venu, pour l'avant-première, dans la lumière balayée par les projecteurs dirigés par la Garde nationale, des vétérans de la guerre de Sécession s'étaient avancés, nonagénaires, à petits pas. Personne ne savait si le souvenir les avait mieux conservés que l'oubli. Aux abords du Loew's Grand Theatre et jusque dans la moindre boutique de la ville, on vendait des mouchoirs *Autant en emporte le vent*, du vernis à ongles et un parfum Scarlett, un nœud dans les cheveux Tara, le secret des soirées réussies.

Scarlett s'était rendue à la soirée de gala sans « Mama ». Hattie McDaniel, la servante noire vedette du film, n'était pas invitée : c'était 1939, à Atlanta. Elle allait décrocher l'oscar du meilleur second rôle féminin, mais il n'était pas question de la laisser entrer dans un cinéma interdit aux Noirs. C'était une drôle d'idée de célébrer un monde disparu en montrant qu'il n'avait pas changé. David Selznick avait seulement obtenu qu'une page lui soit consacrée dans le programme, et Hattie McDaniel, en retour de cet effort considérable, avait adressé une lettre au studio pour lui demander d'excuser son absence, elle était indisponible, c'était plus simple que d'avoir à expliquer que les Noirs pouvaient apparaître à l'écran mais pas dans la salle. Un an après, elle irait chercher son oscar au Cocoanut Grove, dans l'hôtel Ambassador, un lieu moins sudiste mais aussi fermé ; David Selznick l'avait imposée, mais elle ne s'assiérait même pas à la table de la troupe d'*Autant en emporte le vent*, on l'avait reléguée sur une chaise tapissée de velours, en fond de salle, près de la cuisine. Elle serait formidablement applaudie, comme elle était formidablement aimée, pour sa chaleur et ses combats, des hommes, des femmes, et parmi les couples secrets de Hollywood il y avait eu Hattie et quelques actrices.

À la fin de la projection d'*Autant en emporte le vent* au Loew's Grand Theatre, quatre heures et un entracte, le film le plus long de l'histoire du cinéma, toute l'équipe s'était levée pour répondre aux applaudissements. Ils savaient les sourires et les masques à accrocher à ces illusions, et quand la lumière s'était éteinte, ils avaient pris congé d'Atlanta. Scarlett et Rhett rentreraient séparément. Carole restait l'autre moitié du couple mythique de ces jours de fièvre.

*

Elle n'avait pas à être une seule femme, qui contrôlait ses films, parlait comme un homme, négociait ses contrats comme une peste et s'occupait de la vie des autres comme une sainte. Elle pouvait bien figer la conversation des hommes par sa beauté, son rire et sa repartie, et puis rêver d'une vie de couple ordinaire dans les bras de Gable, ou dans son ombre parce que son ombre était encore lui et il arrivait que la lumière fût pâle en comparaison, même pour une femme qui avait su construire un mythe autour d'elle-même. Ainsi s'était écoulée son année 1939, elle avait été la femme du roi, elle s'était mariée, avait tourné deux films, *Le Lien sacré* avec James Stewart et *L'Autre* avec Gary Grant, et dix jours après Atlanta, Monsieur et Madame avaient fêté Noël au ranch, à Encino, un dîner familial. Clark pour Carole : un cœur de rubis, le parfum N° 5 de Chanel, son préféré, une robe. Carole pour Clark : des robes de chambre en soie importées de Hong Kong, des chaussures faites sur mesure en Angleterre, parce qu'il aimait que tout fût impeccable, du haut de ses exigences d'ancien pauvre, ainsi pour les chapeaux qu'il refusait que l'on nettoie et qu'il achetait par dizaines.

Noël 1939 accompagnait encore l'espérance, éloignait la douleur de la dernière fausse couche, le séjour au Good Samaritan Hospital avant les semaines de récupération dans les High Sierras, quand il avait fallu faire croire à la presse que c'était une appendicite. Mais l'espoir passerait difficilement l'année, à peine avait-elle confié son secret à Gable, qui se languissait d'un fils, que la souffrance et le vide étaient revenus, dès les premiers jours de 1940. L'incertitude et les pressentiments l'assombrissaient, toujours l'espoir se muait en détresse et elle s'enfonçait dans la peine. Elle aurait offert ses souffrances pour ce bonheur et n'avait que les souffrances, mais continuerait de sourire après que le maquillage avait lissé son chagrin, de répondre bravement aux questions sur le futur enfant du couple royal.

Quand la rumeur d'une adoption avait émergé, Gable avait démenti, déclaré qu'ils auraient le leur, qu'il attendait ça depuis longtemps, et elle n'était pas sûre que ses mots lui aient fait du bien. Elle en parlait peu, affirmait qu'elle n'était jamais déprimée plus de cinq minutes d'affilée, mais plusieurs fois dans l'heure cela laissait peu de temps pour voir le jour et croire à demain.

12

Elle voulait faire le bilan avant d'avoir l'âge d'en être satisfaite, se retourner pendant qu'elle avançait encore, pendant que la nostalgie ne lui déchirait pas les entrailles, pendant que les regrets restaient tapis à la lisière, devant elle, et que l'espoir d'une autre fin les recouvrait. Elle voulait un rôle sérieux pour les jours trop nombreux où elle n'avait pas envie de faire rire, mais continuait de faire rire tous les jours où elle avait envie de pleurer. Elle songeait que cette blonde qui virevoltait sur l'écran n'était pas elle, Jane Peters, mais Carole était peut-être ce qu'elle avait trouvé de plus ressemblant. À présent que tous les hommes la regardaient, qu'elle était devenue une actrice et un fantasme, elle voulait seulement que Gable la regarde, qu'il essaie juste de se concentrer, un peu, cela l'aurait aidé à soigner ce putain de torticolis qu'il attrapait en tournant la tête chaque fois que passait une dactylo, une *tea lady* ou une script-girl.

Ainsi passait la vie d'actrice, chercher la lumière, la fixer dans les souvenirs, avoir un mot ou un sourire pour tous ceux qui avaient pour métier de chasser l'ombre et de polir l'éclat, aimer une histoire et recommencer.

Mais tout le monde aimait Carole et personne ne lui avait jamais demandé de faire un bon film. Enfin si, parce que *Mon homme Godfrey* avait eu six nominations aux Oscars 1936, dont la sienne. Elle avait été battue par Luise Rainer, pour son rôle dans *Le Grand Ziegfeld*, alors qu'on lui avait assuré qu'elle était favorite. Au dernier moment, il s'était murmuré que la MGM et la Warner avaient conclu un pacte pour soutenir les entrées du *Grand Ziegfeld* et récompenser celle que le studio envisageait comme la future Garbo, au prétexte que Carole pouvait attendre 1937 et qu'avec Gable elle avait déjà un trophée à la maison. Luise Rainer avait suivi les traces de Garbo mais en commençant par la fin, puisqu'elle allait très vite se retirer des écrans. La déception faisait sérieusement envisager à Carole d'autres rôles, maîtresse de maison de Gable, ce qui avait une autre classe que sans la maison, et femme dramatique à l'écran, ou plutôt dans un rôle dramatique. Elle cherchait un passeport à oscar qui l'éloignerait de la comédie loufoque, lisait tous les scénarios qui traînaient, débusquait ceux que l'on cachait, continuait de poser des questions sur tout, la lumière, les dialogues, la caméra, et n'oubliait jamais ce mot du réalisateur Gregory La Cava, avec qui elle avait souvent tourné : « J'ai lu le scénario et il pue. Quand quelque chose pue, tu fais en sorte de distraire les gens de l'odeur. » Elle voulait seulement un scénario qui sente l'oscar.

Elle avait fait la une de *Life* en octobre 1938, il était question de la vie d'une star et c'était la sienne. On la voyait en photo, gamine, en 1918, distribuant du chocolat chaud pour les orphelins de France à Los Angeles, et son salaire de cinq cent mille dollars par an venait en contrepoint, rappelant que, si Hollywood avait été un nouveau monde et une conquête pour les enfants des provinces de l'Amérique, elle avait grandi sur cette terre promise. Le reportage décrivait une énergie, une femme qui se levait trop tôt, jouait trop dur au tennis, buvait du Coca toute la journée, fumait à la chaîne, riait, gesticulait, parlait vertement. Mais il rapportait aussi que, lorsqu'un réalisateur pour la première fois lui avait demandé de pleurer, elle avait suggéré que l'on passe un disque de violon sur le gramophone, et alors ses larmes s'étaient mises à couler toutes seules. Dans l'interview elle racontait l'accident, la cicatrice, Mack Sennett, évoquait son image de star la plus démocrate de la ville, disait que le talent à Hollywood consistait à se battre avec les producteurs, et racontait qu'un soir à dîner, alors qu'elle listait ses doléances auprès d'un directeur de studio, celui-ci lui avait répondu, ma chère jeune dame, je vous aime beaucoup, mais j'ai un seul métier et il consiste justement à empêcher des gens comme vous d'avoir ce qu'ils veulent.

Elle était le glamour et puis elle était drôle, remplissait les cinémas et les pages de la presse populaire, la beauté était son métier et le rire l'arme qu'elle s'était choisie, mais elle voulait plus, elle voulait les larmes, à quoi bon être la moitié du roi et porter une couronne de série B, elle voulait un rôle de dame, un rôle de drame. Elle n'avait pas envie d'être simple, elle n'avait pas envie d'être lisse, et parfois d'un geste laissait entrevoir les ténèbres. Un jour de scène de gifle sur la comédie musicale *We're Not Dressing* (1934) sur l'île de Catalina, au large de Los Angeles, qu'elle tournait avec le chanteur Bing Crosby, elle avait donné son feu vert à son partenaire qui n'avait pas frappé fort. Mais très vite le réalisateur avait crié de couper, parce que Carole avait projeté le chanteur au sol pour le mordre, le griffer, le rouer de coups, hurlant et prise d'une crise de larmes, arrachant même le toupet qui lui servait de coiffure au sommet du crâne. Elle avait murmuré, plus tard, en s'excusant difficilement, qu'elle ne supportait pas depuis l'enfance qu'on lui touche le visage. Bing Crosby avait surtout effleuré la cicatrice.

Tous les autres jours elle avait été légère et continué de séduire, c'était son métier principal, jurer comme un charretier, devenir l'idole des électriciens, menuisiers et accessoiristes, prononcer des horreurs avec une innocence absolue, et un matin, dans la salle du petit déjeuner de l'hôtel, croisant un régiment de bigotes et de vieilles filles qui murmuraient dans son sillage parfumé et peu vêtu, elle avait lancé à voix très haute à l'acteur :

« Bing ?

– Oui ?

– N'aurais-je pas oublié ma chemise de nuit dans ta chambre, la nuit dernière ? »

Le lendemain, les dames avaient demandé à ce que le petit déjeuner leur soit servi dans une autre pièce.

*

Mademoiselle Lombard avait deux frères et cherchait des sœurs à son ancienne image ; elle savait les destins des garçons manqués qui devenaient des filles réussies, lisait les stigmates de la transformation comme une attirance, une sororité. Devenue blonde, célèbre, habillée par les couturiers et déshabillée par les hommes, elle avait besoin d'attiser un ancien feu en courant comme les garçons, comme la jeune Jane Peters.

Carole était une fille de l'air, du grand air, aimait aussi le cheval, le tir à l'arc et le polo, personne ne marchait aussi vite qu'elle d'un plateau à l'autre et elle nageait presque tous les jours, jugeait le golf un peu lent, mais le tennis, non, c'était parfait. Elle disait à ses amis que c'était meilleur que le sexe, si bien qu'il aurait fallu savoir qui elle fréquentait à l'époque.

Elle avait l'âge et le tempérament de faire d'un passe-temps une obsession ; soudain elle avait joué au tennis chaque jour, embauché une entraîneure particulière, Eleanor Tennant, qui avait été la première joueuse professionnelle américaine. Évidemment Carole lui avait trouvé un surnom, ne s'était pas creusé la tête, ce serait « Teach », et avec elle les surnoms étaient un autre baptême dont nul ne se défaisait, elle serait Teach jusqu'à sa mort, tout le monde finirait par oublier qu'elle s'était appelée Eleanor, un jour.

Teach lui envoyait des balles jusqu'à l'épuisement, qui était toujours le moment où Carole lui disait de continuer. Teach avait une autre élève célèbre, une jeune espoir du tennis américain, Alice Marble, aussi grande et athlétique que Carole était devenue fine. Pas tout à fait petite sœur des pauvres, plutôt grande sœur de ses semblables, Carole se sentait proche de la joueuse sans la connaître encore, et avait décidé d'entrer dans sa vie après l'annonce qu'Alice s'était évanouie à Paris, sur les courts de Roland-Garros, en 1934, dans une rencontre amicale entre la France et les États-Unis. Un médecin français avait diagnostiqué une tuberculose, lui avait annoncé qu'elle ne jouerait plus jamais au tennis, et Alice s'était enfoncée dans la nuit en rejoignant un sanatorium à côté de Pasadena. Carole l'appelait sans cesse, l'encourageait à croire en ses vingt et un ans, lui décrivait les mois traversés après son accident de voiture. Elle ne savait pas ne pas s'occuper de tout, et elle avait fini par trouver un autre médecin qui avait écarté l'hypothèse de la tuberculose, évoqué une pleurésie et de l'anémie, et qui allait rendre sa vie à la jeune Alice. Ainsi était née l'amitié entre une grande bringue athlétique et une petite brindezingue qui l'entourerait de son immense chaleur et de ses petits bras à la peau de lait, entre une femme qui jouait comme un homme et une femme qui parlait comme un homme. Alice serait « Allie », très vite.

C'était un drôle de syndrome, cette inclination à sauver le monde pendant qu'elle continuait de le conquérir. Carole lui prêterait sa diététicienne afin qu'Allie perde vingt kilos, et puis un dermato, et puis un psychologue, elle lui disait tu me rembourseras et elle mentait. Carole lui avait même dégoté des leçons de comédie et de danse à la Paramount, alors Alice Marble sortait à Hollywood, s'essayait au cinéma, chantait parfois dans des cabarets avec sa belle voix fine, et n'oubliait pas de devenir la meilleure joueuse américaine entre 1936 et 1940, vainqueur de l'US Open, de Wimbledon, et de chacun de ses dix-huit titres de Grand Chelem elle ramenait un plateau d'argent dont la plupart finissaient chez Carole.

Chaque soir, lorsqu'elles se parlaient au téléphone, Carole terminait la conversation par « *God bless* » et Allie lui répondait « *Angels keep* », que Dieu nous bénisse et que les anges nous gardent, mais l'époque s'avançait où les anges seraient débordés.

En août 1939, Allie avait encore deux ailes, elle était à la une de *Life*, la guerre avait été déclarée en Europe mais c'était une championne de tennis que l'Amérique racontait. La guerre se vengerait, cela elle savait le faire : Alice subirait une fausse couche, peu de temps avant que son mari, pilote de combat, ne soit tué dans le ciel d'Europe. Elle tenterait d'en finir, reviendrait lentement à la vie, accepterait soudain de devenir une espionne pour les services secrets, le temps de se rapprocher d'un ancien amant, devenu banquier nazi, en Suisse. Elle dirait qu'elle avait reçu une balle dans le dos au cours de cette mission, et qu'ensuite elle était juste parvenue à survivre, l'ordinaire des vivants après la guerre.

*

C'était ce don de l'amitié et des autres qui faisait éprouver à Carole un deuil joyeux au crépuscule des tournages. Le soir du dernier jour, elle organisait et payait la fête, avait un cadeau pour chacun, aimait ces adieux de cinéma, cette manière de se quitter sans partir bien loin parce qu'on pouvait ne plus jamais se revoir ou alors se croiser au restaurant le lendemain. À la fin du *Lien sacré* (1939), elle avait offert à Russell Birdwell, son chef de publicité de la Paramount, un climatiseur portable dans lequel elle avait remplacé l'eau par son propre parfum, et quand il l'avait mis en route tout le monde avait dû évacuer la zone sinistrée. Pendant *Vigil in the Night* (1940), son rôle le plus dramatique, une infirmière au cœur d'une épidémie mortelle, elle avait appris que George Stevens, le réalisateur, adorait la chasse au canard mais rentrait tout juste d'une expédition à vide à Imperial Valley ; un matin, le plateau avait été envahi d'une vingtaine de canards, vivants ou en rôti, tandis que l'on livrait à Stevens ce mot de Carole, sur un plateau : « Personnellement, nous n'avons eu aucune difficulté à trouver des canards. »

Les chances que Gable échappe à ses attentions étaient faibles. En 1939 il avait tourné son plus mauvais film, ou celui qui avait le moins bien marché, *Parnell*, et pour le soutenir ou se moquer, deux sentiments proches et extravertis, elle avait imprimé « Parnell » sur des confettis qu'elle avait fait tomber sur les studios, avant de distribuer à la sortie de la MGM un prospectus où l'on pouvait lire « Parnell, des millions de Chinois ne peuvent pas se tromper », en prétendant avoir trouvé là-bas une bonne critique du film, qui était aussi la seule. Il n'empêche, Gable avait un projecteur personnel au ranch, à Encino, et faisait collection des bobines de ses films, mais il n'avait jamais demandé à récupérer une copie de *Parnell*.

Par ses cadeaux Carole suscitait des vocations, mais parfois il n'aurait pas fallu, comme quand Ellie, la domestique, puisque les domestiques n'avaient que des prénoms, avait décidé de profiter de son jour de congé pour aller empailler le pékinois favori de sa maîtresse. Pushface, c'était son nom, venait de mourir après une carrière glorieuse, second rôle dans *Mon homme Godfrey* (1936). Quand la domestique avait fini par ramener le pékinois moyen à une certaine vie et dans le salon, elle avait réfléchi à la meilleure manière de faire plaisir à Madame, avait figé le chien à sa place habituelle, sur un coussin, avec un petit mot, et en entrant dans la pièce, Carole avait hurlé d'effroi. Le jour de Noël 1938, Gable avait été presque plus normal en offrant à Carole un buste de lui-même qui servirait de reposoir à chapeaux dans le hall, mais ce n'était pas vraiment sérieux, une fausse piste, parce que lorsqu'il l'avait fait venir dans le jardin, elle avait découvert une Cadillac jaune décapotable. Sur ce terrain comme sur quelques autres, Gable était un modèle de son genre, un homme qui aimait mettre les mains dans le cambouis, changeait de voiture chaque année, et paraderait dans les rues de L.A. lorsqu'il deviendrait le premier dans la ville à conduire une Jaguar 55.

Carole avait décidé qu'ils ne parleraient jamais d'argent dans la vraie vie, du moins dans leur maison, à l'exception de l'entre-quatre murs neutre du bureau de leur secrétaire commune, Jean Garceau, la jeune femme qui avait succédé à Fieldsie, partie épouser le réalisateur Walter Lang. C'était le seul endroit où ils parlaient affaires, ils l'appelaient Janie, elle disait Carole et Mister G.

Immensément riche, immensément pingre, le King avait signé un contrat de deux millions de dollars sur sept ans, en 1937. Carole acceptait mieux de se séparer de sa fortune, elle considérait l'argent avec la légèreté de ceux qui en avaient peu manqué. C'était une modestie relative, qu'elle savait organiser, ainsi la semaine qu'elle avait passée au service publicité de la Paramount dirigé par son ami Russell Birdwell. Elle était un spectacle à elle seule, c'était le but. Elle cherchait à avoir Gandhi ou bien le roi d'Éthiopie au téléphone (« Standardiste, je voudrais M. Gandhi dans son ashram en Inde, s'il vous plaît »), puis des survivants du *Titanic*, ensuite elle appelait Eleanor Roosevelt, Margaret Mitchell et H.G. Wells, et puis le duc de Windsor, aussi. En matière de relations publiques, elle savait les rêves qu'il fallait vendre à l'Amérique et la vie qu'il fallait décrire; elle avait annoncé publiquement qu'elle était heureuse de payer ses impôts, alors que ses quatre cent cinquante mille dollars de salaire, en 1937, partaient à 85 % dans les taxes. Elle assurait qu'au lieu de penser que l'État lui prenait 87 cents pour chaque dollar gagné, elle songeait aux 13 cents qu'elle conservait, et cela lui allait, les taxes construisaient des écoles et l'Amérique était bien faite. Même si la MGM lui avait écrit le texte et l'avait payé pour le réciter, Gable aurait été incapable d'articuler un mot de ce raisonnement, il aurait eu l'impression que l'argent lui échappait pendant qu'il parlait, dans un souffle qui aurait eu l'air du dernier.

*

La richesse et la gloire, dans ces proportions du moins, étaient venues à Gable avec *New York-Miami* (1934), un film qu'il avait tourné en guise de punition, prêté à la Columbia parce que la MGM n'en pouvait plus de ses exigences, et il avait remporté l'oscar du meilleur acteur de 1934. La cérémonie avait eu lieu à l'hôtel Baltimore en février 1935, à Los Angeles, mille personnes dans la salle, dix mille derrière la porte, le King avec une statuette à la main. Cela n'avait pas été tout à fait prévu comme ça, ce succès avec la moustache, au bout d'un voyage en car avec Claudette Colbert, dans ce film où toutes les femmes et tous les hommes, chacun depuis sa perspective et son côté du lit, avaient envie que tombe le mur de Jéricho, cette couverture sur un fil qui séparait Gable et Colbert dans leur chambre, le soir. Elle avait fini par glisser juste avant le générique de fin, mais l'Amérique en avait déjà vu beaucoup : après que Gable avait enlevé sa chemise au milieu du film et que les spectateurs avaient découvert qu'il ne portait rien dessous, ni tissu, ni poils, les ventes de tricots de corps s'étaient écroulées.

Dans la vie de Gable, le mur de Jéricho était tombé si souvent qu'il avait fini par quitter définitivement la maison de sa deuxième épouse.

Lorsque les journalistes demandaient au séducteur de parler des femmes, il suggérait qu'on laisse parler les dames elles-mêmes, un évitement autant qu'une élégance. Après l'oscar, il avait enchaîné avec *Les Révoltés du Bounty* (1935), cette fois sans moustache, au terme d'un caprice de star montante, parce qu'il estimait que le rôle de Charles Laughton, le capitaine Bligh, était beaucoup plus glorieux que le sien. Gable détestait Laughton, il avait fallu le convaincre que le film parlait des révoltés et qu'il était leur chef, et puis que c'était un rôle d'amoureux, encore, mais en vrai les mutins de l'Empire n'étaient pas allés jusqu'à Tahiti, ni dans les mers du Sud, ils se contentaient de passer la journée en mer au large de Catalina et dormaient le soir à la maison.

13

Puisqu'on ne prêtait qu'aux riches, même à ceux qui n'étaient guère prêteurs, il avait fallu que Carole soutienne Gable pendant le procès de 1937 devant la cour fédérale de Los Angeles, où il était témoin, mais accusé, de fait, dans l'affaire opposant le gouvernement américain à Violet Norton, citoyenne Anglaise, et Jack L. Smith, détective privé. L'histoire était bancale et drolatique. Un soir de 1935 où ladite Violet Norton s'était rendue au cinéma dans l'Essex, le coin d'Angleterre où elle résidait, elle avait vu Clark Gable à l'écran dans *New York-Miami* et avait reconnu sur-le-champ, bouleversée, l'amoureux qui l'avait séduite en 1922 sous le nom de Frank Billings, et duquel elle avait eu une fille, Gwendoline. Sous le coup de cette information assez saisissante, son mari les avait abandonnées aussitôt. Violet Norton avait décidé d'écrire à Gable, invoquant leur amour envolé, et quand sa fille avait eu treize ans, toutes deux étaient parties s'installer au Canada, à Winnipeg, d'où elle avait cherché à réunir les preuves de la paternité de la star. Violet Norton avait passé une annonce pour chercher un acteur qui pourrait l'aider à élever l'enfant de Gable, avait écrit à Mae West pour lui demander d'être la marraine de sa fille, au consul britannique de Los Angeles, au procureur, à des journalistes enfin, et c'était ainsi qu'un journal avait fini par lui payer son voyage du Canada jusqu'à L.A., où elle avait enrôlé un détective privé. Elle avait réclamé cent cinquante mille dollars à l'association des producteurs, ainsi que des examens sanguins.

Le jour du procès, en avril 1937, la preuve exhibée par Violet Norton était la photo d'un soldat en uniforme, très floue, pendant que Gable présentait des feuilles de salaire de la Lumber Company où il travaillait, en 1922, dans l'Oregon, à 3,20 dollars par jour. Les avocats de la MGM avaient fait comme d'habitude, ils avaient décidé de raconter une histoire et de la mettre en scène, et la probabilité qu'elle soit vraie ne rendait même pas les choses plus faciles; il fallait convaincre l'opinion qu'elle était vraie, exactement comme pour un mensonge, exactement comme d'habitude. Le chef comptable du *Portland Oregonian* était venu témoigner que le jeune Gable avait travaillé à la publicité du journal pendant six semaines à 15 dollars par semaine, et sa première fiancée, qu'il n'avait jamais revue depuis leur séparation, Franz Dorfler, s'était souvenue qu'en septembre 1922, à peu près au moment de la conception supposée en Angleterre, Clark se trouvait au ranch familial, dans l'Oregon. Violet Norton avait juste eu le temps de crier « C'est le père de mon enfant ! » dans la salle du tribunal avant d'être condamnée pour chantage et escroquerie. Pour Gable, c'était assez loufoque pour n'être pas embarrassant. Drapé d'innocence, conscient de ne pas passer en jugement pour ses véritables turpitudes, Gable avait décidé que l'acquittement pouvait en conséquence s'appliquer à l'ensemble de son œuvre. Si Carole l'avait confronté, il se serait replié tout contre son passé, il était dans sa logique du survivant. Un homme qui s'était battu toute sa vie contre tout, la pauvreté, de sales dents, la mort de sa mère quand il avait dix mois, des grandes oreilles, des rumeurs. Un homme qui continuait de penser que tout pouvait basculer et le ramener à sa condition première, et pour qui le silence était une manière de protéger son trésor et de rester en vie, de rester Clark Gable.

*

Les Gable étaient au sommet, solaires, ils étaient le feuilleton national. Dans la vraie vie, on ne reverrait plus Carole au bras d'un autre homme, les rumeurs se concentreraient sur la même moitié de leur couple. Il ne leur manquait qu'une existence cinématographique commune, ensemble sur une affiche, pour asseoir la mythologie, mais Gable aurait été privé d'avoir à conquérir son premier rôle féminin, et puis ils n'étaient pas sous contrat pour le même studio, et puis ils étaient trop chers. Elle était l'une des actrices les mieux payées de Hollywood, du haut de ses cent cinquante mille dollars par film, avec des contrats qui lui donnaient progressivement le contrôle de ce qu'elle tournait, le scénario, le nom du réalisateur, l'acteur principal masculin. Sur *La Joyeuse Suicidée* (1937), son seul film en couleurs, elle avait décidé elle-même d'éclaircir ses cheveux et de modifier son maquillage, et toujours choisissait les robes de Travis Banton, couturier apprêté, blouse et nœud papillon, dont les créations avaient l'air d'être ses habits quand elles faisaient aux autres actrices un costume, presque un déguisement. Mais elle travaillait aussi avec Irene, la couturière qui avait vécu seize ans dans un ranch du Montana avant de se lancer dans le stylisme en débarquant à L.A., où elle avait épousé un scénariste. Toute sa vie Irene avait été amoureuse en secret de Gary Cooper, au point qu'elle déciderait d'en finir un an après la mort de l'acteur, en 1962, en s'ouvrant les veines et en se jetant dans le vide, pour ne rien laisser au hasard.

*

La clause de contrat non négociable de Carole consistait à travailler de 9 heures à 18 heures, parce qu'elle voulait rentrer au ranch, ensuite, retrouver Gable, bien qu'elle sût l'illusion de la séparation des mondes et l'impossibilité de quitter son rôle en franchissant la porte : quand elle jouait avec James Stewart une mère qui avait peur de perdre son bébé, elle pleurait tous les soirs en rentrant. Le bébé, en vrai, s'appelait Bonnie Belle Barber, la loi lui permettait seulement de tourner pendant dix jours, quinze dollars quotidiens, une demi-heure par jour, et jamais plus de trente secondes de suite devant une caméra et sous les lumières.

À la maison, ils avaient des manières de vieux mariés, gin-rami et backgammon, Gable lisait des policiers qui ne pouvaient pas lui rappeler le boulot, considérant les rôles que le studio lui choisissait, et Carole des biographies, mais aussi le *Los Angeles Times*, pour les informations financières et la chronique de Hedda Hopper, et le *Los Angeles Examiner*, pour la chronique de Louella Parsons. Elle lisait presque tout, il ne s'intéressait à presque rien, sauf à ce qui le concernait et à la rubrique des sports, pendant qu'elle empilait des dizaines de scénarios, soit qu'elle y cherchât une lueur pour elle-même, soit qu'on l'interrogeât sur le travail bâclé d'un auteur dramatique et obscur à qui un studio avait payé deux semaines de vacances au soleil.

Quand ils avaient achevé leur lecture, ils montaient dans leur chambre, et ce n'était pas toujours la même. L'idée de la chambre à part était celle des couples modernes qui avaient de la place. Il fallait, aussi, être très amoureux pour annoncer que l'on habiterait de l'autre côté du couloir, que l'étreinte du matin nécessiterait de traverser la maison, ce qui permettait de se coiffer, peut-être de se laver les dents, mais c'était toute une organisation, il fallait que le désir monte avec le soleil de l'aube, ou alors avoir quelque chose à se faire pardonner. Mais la magie était là, dans l'incertitude des petits pas de l'autre, derrière la porte, le charme de la déception et du mystère après des années de vie commune, une vie de couple au grand jour soumise à l'hypothèse de la nuit. Personne ne comptait la part de la solitude et celle de la chambre partagée dans ces années ensemble, mais si l'on comptait, encore fallait-il s'entendre, considérer la parenthèse absolue, du premier baiser au dernier jour, ou alors seulement les nuits réelles, le temps passé en soustraction de la solitude, sur les ailes opposées.

14

En 1939, l'idée avait été lancée d'élire le roi et la reine de Hollywood, et vingt millions de votants issus de vingt-cinq journaux avaient décidé que Myrna Loy irait beaucoup mieux au bras de Clark Gable. Une cérémonie du couronnement s'était tenue à la MGM avec le célèbre présentateur Ed Sullivan, alors que le roi et la reine venaient de tourner ensemble *Pilote d'essai* (1938), sous la direction de Victor Fleming, à Riverside. Dans ses scènes aériennes, Gable avait obtenu d'être dans la cabine de l'avion avec sa doublure et des doubles commandes, mais s'agissant de la vie sur la terre ferme, personne ne savait si Myrna Loy était également en double commande, après deux films où la rumeur affirmait qu'elle avait cédé à Spencer Tracy. C'était Gable, quand même, et il se séparait peu de ses habitudes et de ses turpitudes de célibataire. Il continuait d'inviter les premiers rôles féminins dans sa loge, ou bien les seconds rôles, il ne séduisait pas selon le rang, c'était l'avantage d'être roi soi-même. Carole l'accablait, Gable promettait que ça n'arriverait plus, et puis le cercle des événements successifs se reformait en une boucle immuable qui revenait comme une vague vers les cris, les reproches puis la contrition. C'était comme si le but de cette scène de la vie conjugale n'était pas de contraindre un compulsif à l'abstinence, seulement de l'obliger à promettre.

Carole s'imaginait à l'âge de tourner des pages, c'était l'effet que lui faisait la trentaine, et elle s'était rendue au tribunal pour se séparer de son agent, Myron Selznick, le frère de, qui l'avait rendue si riche mais lui avait menti quand elle s'espérait en Scarlett dans *Autant en emporte le vent*. Il lui avait promis de remuer le ciel, la terre et tout le reste, mais il s'était contenté d'appeler son frère pour lui assurer que Vivian Leigh serait très bien dans le rôle. Elle s'en séparait au prétexte du manque d'attention, ajoutait l'alcoolisme, ce qui était vrai et vraiment un coup bas.

Elle voulait du temps pour elle et idéalement pour quelqu'un d'autre, garçon ou fille, elle continuait d'essayer, de quêter les tests modernes qui la dirigeraient vers l'origine du problème, peut-être une solution. Carole était entrée à l'hôpital Johns-Hopkins de Baltimore pour une série d'examens, et quand la presse l'avait découvert, le couple avait répondu que Gable était venu soigner une épaule douloureuse, que Carole avait fait un check-up, et qu'une petite opération avait été nécessaire. La rumeur de la fausse couche avait été difficilement contrebalancée par l'annonce d'une infection dentaire, il fallait sans cesse ajouter l'invention au désespoir.

Ils avaient filé ensemble dans les montagnes pour oublier mais la tristesse l'avait suivie. Les amis, la chasse, peut-être, le grand air avec Gable : s'il aimait ça, alors elle aimait ça, elle avait toujours dit qu'elle savait mille choses de s'être intéressée à tout ce qui intéressait ses bonshommes, c'était sa manière de maîtriser un monde qu'elle ne pouvait pas changer, et de n'être exclue ni par ses codes, ni par ses conversations. Au ranch elle mettait un jean et une grosse chemise pour s'occuper de la ferme et les gardait parfois après la photo. Dans une impulsion de propriétaire terrien qui était pour elle un exotisme et pour lui un souvenir de jeunesse remontant à l'Ohio, ils avaient décidé de se lancer dans la production de citrons, imaginant quelque chose d'une autarcie, au moins d'une rentabilité. La première année avait été glorieuse, mais les citrons avaient pourri et le chèque de 6,28 dollars venu de la Citrus Association résumait la beauté vaine du projet ; la deuxième année, ç'avait été les araignées rouges ; la troisième année, le gel, juste avant l'abandon. Pareil pour les œufs, qui devaient payer le grain des poules, ce qui aurait été une bonne manière de savoir qui était venu en premier. Carole avait fait faire une boîte jaune pour les emballer, avec l'étiquette « Les œufs du roi », c'était drôle et cela avait de l'allure, alors Gable avait fini par acheter six cents poules du New Hampshire, et à la fin ils avaient tout calculé, refait les comptes trois fois, mais toujours les œufs du roi revenaient à un dollar pièce.

Au fond, ce que l'on voyait dans les magazines disait ce qu'ils cachaient. Ils ne montraient rien de leur vie au-delà des murs aux photographes : Carole et Clark sur le palier, ou alors devant le portail, au milieu des chevaux, mais jamais à l'intérieur, jamais au cœur du tabou ni du sacré. Parfois des cars de touristes s'arrêtaient à Encino devant le portail, un guide faisait descendre les promeneurs pour leur montrer la maison, il avait fallu remplacer les barrières par une grille automatique, mettre une cloche et un haut-parleur pour les visiteurs, les vrais, et pour faire bonne mesure on avait ajouté une haie d'épines, au cas où. Un jour, ils avaient retrouvé une femme, habillée en cavalière, en train de fumer dans un fauteuil de la véranda, elle ne voulait pas déranger, avait demandé à voir Clark Gable, c'est tout, et quand la police de la MGM était arrivée, puisqu'elle ne voulait pas bouger, elle était partie se cacher dans le jardin, quelle agitation, et tout cela se superposait aux lettres d'amour, aux demandes d'argent, aux menaces. Pendant un moment ils avaient cherché un ranch plus grand, plus loin, mais tous les problèmes auraient suivi et seraient arrivés en même temps que les meubles.

C'était bizarre parce que, avant qu'ils soient mariés, on les voyait partout, un combat de boxe, un tournoi de tennis, les courses de Santa Ana, le tir aux pigeons d'argile, une première sur Hollywood Boulevard. Après, c'était autre chose, ils avaient commencé à se retirer insensiblement du monde même qu'ils faisaient rêver. À la maison, il y avait : Carole, Clark, la secrétaire particulière Jean Garceau pendant la journée, Bubby, le chien de chasse préféré de Gable, un boxer, un chat noir et blanc surnommé « le chat de Juanita », la femme de chambre Juanita, donc, Fred, le gardien du ranch, qui habitait avec sa femme sur la propriété, une cuisinière, Jessie, surnommée « la majestueuse » par Carole, et un valet pour Gable. Une fois, Jessie avait revêtu un bonnet de laine, des gants et des sabots pour pénétrer dans la chambre froide de la cuisine, se plaignant d'entrer au pôle Nord, Gable l'avait surnommée Nanouk l'Esquimau et c'était resté. Une autre fois Jessie la majestueuse avait trouvé un amoureux à Bel-Air, puis Juanita avait jugé que le ranch était trop loin de chez elle, il avait fallu prendre à l'essai du personnel qui ne ressemblait jamais assez à celles qui étaient parties. Alors ils avaient fait revenir Jessie, qui avait négocié un soir d'absence par semaine, on était à la limite de l'invention des congés payés à Hollywood, mais pendant son absence la majestueuse avait encore pris en majesté et il avait fallu élargir la porte de la cuisine pour qu'elle puisse en sortir avec un plateau.

Gable goûtait peu les dîners officiels et l'obligation de s'habiller, cela lui rappelait le travail. Une bière et quelques amis, c'était le secret des soirées réussies, et si Gable avait été sage ils avaient une chance d'avoir son menu préféré, côtes de porc aux haricots et pain de maïs, ragoût de poulet et boulettes, burgers aux oignons et gâteau au chocolat. Gable ne recherchait pas l'avis d'artistes. Un jour qu'il partait à la chasse avec Howard Hawks, ce dernier était passé prendre William Faulkner un peu avant l'aube, et sur la route de Palm Springs, dans une voiture qui consommait une bouteille de bourbon aux cent miles, Gable avait initié cet échange avec Faulkner, à un moment d'une conversation qui glissait vers les livres :

« Dites-moi, monsieur Faulkner, quels sont les bons écrivains, aujourd'hui ?

– Thomas Mann, Willa Cather, John Dos Passos, Ernest Hemingway, et moi.

– Oh, vous écrivez, monsieur Faulkner ?

– Oui. Et vous, que faites-vous, monsieur Gable ? »

15

C'était l'été 1941, le King jouait *Franc-Jeu* avec Lana Turner, l'histoire d'un aventurier de l'Ouest amoureux d'une fille de Boston qu'il finissait par épouser. Pour le rôle, Gable avait appris les cartes avec un prestidigitateur; pour le reste, il n'avait pas besoin de cours. Carole avait entendu que l'autre blonde prétendait qu'elle arriverait à casser le mariage du roi, mais Carole Lombard n'avait jamais rien raté, alors son mariage non plus.

Tout le monde couchait avec Lana Turner, et il aurait fallu que Gable s'abstienne. Lana avait besoin d'être rassurée sur son pouvoir sexuel, lui aussi, elle dirait toujours qu'il ne s'était rien passé, et Carole ne l'avait jamais crue. Dans *Franc-Jeu*, ils avaient une scène de baiser, le baiser avait un peu duré, et quand Lana avait rouvert les yeux, en se détachant doucement et comme à regret des bras du King, elle avait croisé le regard de Carole Lombard qui la transperçait depuis l'autre côté de la lumière, à l'entrée du plateau. Lana avait filé en courant, mais le lendemain Carole s'était invitée encore, et puis le jour d'après, et ensuite la MGM avait fini par faire passer le message qu'elle ne travaillait pas pour le studio et que même la femme du roi était sûrement attendue quelque part.

D'ailleurs, c'était vrai, elle avait un film à tourner avec Alfred Hitchcock. C'était l'effet que faisaient les blondes sur l'Anglais. Les Hitchcock à Los Angeles, Alfred et Alma : rien que les présentations ressemblaient à une bande-annonce. Ils avaient d'abord rencontré les Selznick, David O., le patron qui avait inventé son initiale, et Myron, l'agent de Carole, et c'est ainsi qu'ils avaient fini par dîner avec Gable et Lombard. Elle figurait une femme hitchcockienne, déjà, mais avec des jurons très salés et un humour ravageur, peut-être insuffisamment docile à son goût. Puisqu'il ne s'en servirait pas pour faire peur, peut-être pour faire rire, oui, pourquoi pas ? Au départ, pourtant, il n'en avait que pour ses projets du *Titanic* et de *Rebecca*. En rentrant au pays, il avait tout lu sur le naufrage lorsqu'il traversait l'Atlantique à bord du paquebot *Normandie*, qui s'était mieux tenu. À leur retour à Hollywood, il avait fallu trouver une maison : ils avaient choisi de louer celle de Carole Lombard sur St Cloud Road à Bel-Air, même s'ils la trouvaient un peu chère, mais ils trouvaient que tout était un peu cher, sauf quand ils étaient invités chez Perino, Romanoff ou Chasen. Parfois Hitch, – tout le monde l'appelait « Hitch » – avait un peu forcé sur la convivialité et il s'endormait entre les plats. Juste après le tournage de *Rebecca*, qui allait sortir en 1940, ils avaient passé Noël 1939 chez Gable et Lombard, écoutant l'hôte dévider ses souvenirs de Rhett Butler, mais Carole avait une autre idée, le scénario de *Joies matrimoniales*, qu'elle avait accepté à trois conditions : Cary Grant, Alfred Hitchcock et un tournage en cinq semaines. Hitch avait refusé au départ, le scénario serait réécrit, ce qui avait donné le temps nécessaire à Cary Grant pour se désister, mais Hitch avait fini par dire oui. Il tournerait cette histoire d'un couple découvrant que son mariage n'avait jamais été enregistré, ce n'était pas exactement hitchcockien, mais on lui avait promis un autre film en échange et il n'était pas facile d'être un homme et de dire non à Carole. Il lui écrivait ses répliques sur un tableau à la craie, et elle avait dirigé son apparition traditionnelle, lui avait fait rejouer plusieurs fois la scène où le réalisateur anglais surgissait en chapeau haut de forme devant l'entrée d'un immeuble au moment où Robert Montgomery en sortait. La rumeur se faisait jour, déjà, qu'il aimait faire souffrir les blondes, une rumeur que l'amitié de Carole étouffait, mais elle avait passé quatre heures dans une baignoire pour un seul plan, une image, puis cinq heures pour une scène physique avec Montgomery, et elle n'était pas sûre que le cinéma le justifiait. Au moins la vie était-elle plus légère et moins ambiguë avec Fred MacMurray, le premier rôle masculin, son partenaire pour la quatrième fois, qui votait républicain et ne comprenait pas pourquoi tous les soirs, en reprenant sa voiture, il trouvait des autocollants à la gloire de Roosevelt sur son pare-brise, qu'il passait une heure à décoller. Une nuit, enfin, il avait surpris Carole en pleine action démocrate.

Quand Hitch ne tournait pas, il se plaignait de manquer d'argent, demandait au studio des dédommagements pour ses frais de déménagement extraordinaires, suggérait même à Carole de baisser le loyer qu'elle lui demandait. C'était le prix à payer pour une éducation réussie, parce que Carole l'avait convaincu qu'il était exploité par Selznick, alors que David O. était en pleine crise de la cinquantaine, passant l'été 1940 dans le Connecticut, puis à New York. *Autant en emporte le vent* l'avait épuisé et comme soustrait au monde, si bien que l'éloignement du producteur avait convaincu Hitchcock d'écouter Carole et de filer à la RKO. Ils n'avaient pas tourné le film du siècle ; quand *Joies matrimoniales* était sorti en janvier 1941, le *New York Times* avait jugé que c'était amusant, et *Newsweek* que c'était drôle par moments, rien de plus, et ce n'était pas de cette manière qu'Alfred Hitchcock avait envie que l'on se souvienne de lui à Hollywood.

On aurait dit, quand même, que l'Anglais se cherchait, ou alors il cherchait quelque chose sur le visage de Carole, derrière le masque, la blondeur et les yeux d'eau. Il alignait les gros plans, alors que le principe et le rythme mêmes de la *screwball comedy* supposaient le plan large. En voulant la filmer au plus près il l'éteignait, et il allait avoir presque honte de ce film, dirait à François Truffaut qu'il l'avait seulement tourné par amitié pour Carole, qu'il ne savait toujours pas pourquoi il avait accepté et qu'il avait suivi le scénario sans vraiment comprendre le personnage. En revanche, il se souvenait très bien d'avoir déclaré, en arrivant à Hollywood, que les acteurs étaient comme du bétail, et il se souvenait encore mieux qu'au premier jour du tournage Carole avait fait construire une étable avec trois compartiments abritant trois vaches, qui portaient autour du cou les pancartes indiquant les noms des trois acteurs principaux, Carole Lombard, Robert Montgomery, Gene

Raymond. Elle avait toujours eu des notions de mise en scène.

*

En mars 1941, Carole et Clark avaient fêté le deuxième anniversaire de leur mariage, mais pourquoi faire ça à la maison, elle avait tout organisé sur le plateau de *L'aventure commence à Bombay* que Gable tournait avec Rosalind Russell, champagne, dinde rôtie et vaisselle de maître. Carole s'apprêtait à tourner *To Be or Not to Be*, à l'automne 1941, après presque une année sans film. Elle s'interrogeait sur le destin et le registre des grandes actrices au sommet dans leur trentaine, ses sœurs de doute, ainsi que sur sa propre envie. Mais elle avait annoncé qu'elle voulait travailler aussi longtemps qu'elle avait cette apparence et cet esprit, ce qui induisait à la fois la volonté de durer et la certitude de vieillir, et elle venait de décider qu'elle s'arracherait à son exil et à Encino pour tourner au moins deux films par an. Elle avait déjà signé pour *Embrassons la mariée* avec la Columbia, début 1942, toucherait cent douze mille dollars pour le film, et dans leurs discussions de cinéma, Gable s'intéressait plus à son salaire qu'à son scénario. À Thanksgiving, elle avait fini de tourner *To Be or Not to Be* dans les vieux studios d'United

Artists, évoquait la plus belle expérience de sa carrière. Elle avait retrouvé Ernst Lubitsch, le réalisateur du film, qui avait été son producteur pendant la brève période où il avait dirigé la Paramount, et qui était son ami depuis toujours. Elle avait aussi retrouvé Robert Stack, qu'elle avait rencontré au lac Tahoe quand elle séjournait dans le Nevada pour son divorce et qu'il avait treize ans. Il était déjà amoureux d'elle, l'était resté, et il était là, ultime escorte, dans *To Be or Not to Be*. Mais pendant ce film qui ridiculisait les nazis, l'acteur allemand Sig Ruman lui avait raconté l'Allemagne, l'Holocauste, les SS. Elle avait décidé qu'il était l'heure de prendre sa part ; quand elle s'en ouvrait à Gable, il lui répondait que ce truc entre Hitler et Churchill ne les regardait pas, alors elle persistait, ramenait le sujet à la surface le soir suivant, ou le lendemain, ou tous les jours d'après. Elle ne le lâchait pas, et ce n'était plus seulement parce qu'elle avait envie de le suivre partout. Puisqu'elle finissait de tourner avec Lubitsch et que c'était la saison du canard et du faisan, elle avait filé dans le Dakota du Sud avec Gable. C'était leur dernier voyage ensemble. Gable s'amusait à être jaloux, se raidissait un peu quand l'ombre d'un doute lui traversait l'esprit, appelait Lubitsch « le Hun lubrique ». Gable se méfiait des hommes à femmes. Il devait en connaître, sûrement.

16

Le 7 décembre 1941, ils avaient appris l'attaque de Pearl Harbor alors qu'ils assistaient à un match de football américain des Los Angeles Bulldogs au Gilmore Stadium. Ils étaient rentrés chez eux à la mi-temps écouter les nouvelles à la radio. Le temps du trajet, lui n'avait pas prononcé un mot, elle insultait « les putains de Japs », des larmes dans les yeux. Sur la route il avait quand même esquissé le projet d'une excursion le lendemain, peut-être à la chasse, et elle lui aurait bien enfilé sa canne à pêche quelque part, mais plutôt que de l'envoyer promener seul, elle avait écrit à F.D. Roosevelt à la place et en leur nom pour assurer le président de leur soutien, et de leur disponibilité pour aider le pays.

Ledit président, légèrement occupé par ailleurs, avait néanmoins pris le temps de répondre au couple le plus glamour du pays, dans une lettre dactylographiée à en-tête de White House adressée au 4525 Petit Avenue, Encino, pour les remercier, et leur demander de continuer de remonter le moral du pays par leurs films.

Ce n'était pas assez pour elle, ni pour lui, finalement, l'effet de l'amour et de la contagion, sans doute. Le 22 décembre, ils avaient dîné au Beverly Wilshire Hotel, elle en robe de soie noire, parce que le pays était entré en deuil au moment même où il était entré en guerre, lui en costume sobre pour présider la commission des acteurs qui réfléchissait à la meilleure manière d'aider la nation. Il y avait là Myrna Loy, Claudette Colbert, Charles Boyer, Bette Davis, Gary Cooper, Cary Grant; Hollywood ne pouvait pas être une enclave d'indifférence et de légèreté au cœur des temps obscurs.

Ils avaient passé Noël à la maison.

Gable à Carole: des boucles d'oreilles de rubis et diamant. Carole à Gable: un étui à cigarettes en or très fin, avec une inscription amoureuse à l'intérieur. Le soir de Noël, comme quelques autres soirs depuis qu'elle avait rejoint le culte bahaï, elle avait tenté d'expliquer à Clark que toutes les religions venaient du même Dieu, et qu'il fallait consacrer son temps sur terre à apprendre, à connaître Dieu et à servir l'autre, mais dans ses bons jours Gable avait du mal à apprendre et cela le mettait en retard pour la suite du programme.

En ces heures de deuil, de colère et de sentiment patriotique, l'État de l'Indiana avait demandé à Gable, le président de la commission des acteurs, de lui envoyer une star du cinéma pour lever des bons de guerre, ce qui était une manière de l'espérer. Mais il ne voulait pas y aller, n'aimait pas prendre la parole, détestait la foule, l'homme le plus désiré de la moitié de la terre disait qu'il ne savait jamais comment se comporter quand tout le monde le regardait et qu'il était là.

Pour le convaincre, Carole avait lancé que, si on lui avait demandé de partir sur les routes aider à l'effort de guerre, elle l'aurait envisagé comme un honneur. Il avait répondu : « Eh bien, considère qu'on te le demande. » C'est ainsi qu'elle s'était mise à préparer son voyage dans l'Indiana, l'État de son enfance, pendant quelques jours de la mi-janvier 1942, accompagnée de sa mère, Bess Peters, et d'Otto Winkler, l'homme de la pub de la MGM, l'ami de Gable, leur témoin de mariage. Otto s'occupait également des relations presse de Lana Turner, selon une relation en triangle qui annonçait le danger. La MGM avait préparé les discours de Carole.

Quelques faits vaguement recoupés par la légende ou des témoignages adoucis : Gable partait à New York le 9 janvier ; ils auraient été dix jours sans se voir ; ils s'étaient disputés avant qu'il parte à l'aéroport ; Gable claquant la porte, ses valises à la main, avait été sa dernière image. Elle ne l'avait jamais quitté plus de deux jours, et là c'était pour une semaine, pour toute la vie.

*

Elle avait pris le train à Union Station le lundi 12 janvier 1942, s'était arrêtée à Salt Lake City le mardi, à Chicago le mercredi, était arrivée à Indianapolis le jeudi après-midi, et le même trajet retour devait la ramener à Los Angeles le lundi 19 janvier, juste à temps pour la première de *To Be or Not to Be* organisée à Inglewood.

Elle avait passé à leur secrétaire Jean Garceau ses instructions pour chacun de ses jours d'absence. À Gable, qui allait continuer de tourner avec Lana Turner, elle avait laissé une poupée gonflable sur le lit, avec une perruque blonde, et ce mot : « Comme ça, tu ne te sentiras pas seul. » Elle lui avait laissé une longue lettre, aussi.

À l'arrêt d'Ogden, elle avait donné des interviews depuis la fenêtre de son compartiment. À Salt Lake City, elle avait improvisé ou répété un discours sur l'héroïsme et la nation. De Cheyenne, dans le Wyoming, elle avait appelé Gable pour savoir s'il était bien rentré de New

York. À Chicago, elle avait calculé le moment où Gable retrouvait Lana Turner sur le plateau, s'il avait attendu jusque-là du moins, et elle était parvenue à le joindre dans sa loge de la MGM. À Chicago, encore, elle avait visité le *Chicago Tribune*, séance photo et interview, avait signé sur le mur de la loge du maquillage « Carole Lombard-Gable, le 14 janvier 1942 ». À la radio WGN, elle était tombée sur Donald Budge et Bobby Riggs, deux grands joueurs de tennis amis. À Chicago, enfin, elle avait décidé de prendre l'avion pour Indianapolis afin de gagner du temps pour elle-même, se reposer à l'hôtel, appeler Gable. Des dizaines de roses l'attendaient, elle ne savait pas si c'était Gable ou si c'était leur secrétaire qui voulait faire croire que c'était Gable, mais il y avait un petit mot d'encouragement, « *Knock'em dead, kid* », qui ressemblait à une signature, elle allait leur en mettre plein la vue et ne pas les lâcher.

À Indianapolis, quelle journée, elle avait commencé par se rendre à la gare pour être accueillie à la descente du train qu'elle n'avait pas pris, avec les honneurs dus à sa célébrité et à l'événement, la première levée de fonds depuis l'entrée en guerre de l'Amérique. Ils espéraient cinq cent mille dollars, mais voilà, elle allait lever plus de deux millions de dollars de bons de guerre en une seule après-midi. Elle avait décidé de signer des autographes sur les reçus de ceux qui achetaient des bons, la file était interminable, pendant que les jeunes vendeuses se multipliaient dans la salle, après que Carole leur avait suggéré d'aller embrasser le crâne des chauves en disant que c'était de sa part. Dans la maison du gouverneur, puis dans la grande salle de l'hôtel, elle livrait de courts discours patriotiques, demandait une ovation qu'on entendrait jusqu'à Berlin et jusqu'à Tokyo, et elle souriait, et elle signait, et elle embrassait.

Ils avaient dîné en début de soirée à l'Empire Room, un salon de l'hôtel, puis elle avait passé une magnifique robe de velours noir d'Irene, protégée d'une cape couleur sable, et elle avait parlé devant douze mille personnes au Cadle Tabernacle, sous les bannières étoilées accrochées au ciel de la plus grande église du pays. Des cousins, oncles et tantes étaient venus de Fort Wayne, sa ville natale, et face à la foule massée dans l'église, elle avait lancé que sa famille tout entière avait voulu venir, mais qu'elle-même n'avait pas profité de la situation, sinon vous auriez dû tous sortir pour les laisser entrer. Puis elle avait pris son papier, l'avait posé sur le pupitre, et elle avait commencé.

« Je suis ici pour une raison. La même raison pour laquelle vous êtes ici. C'est la raison pour laquelle cent trente millions d'Américains comme nous sont unis et déterminés à accomplir une tâche qui doit être accomplie. On pourrait se contenter de dire que notre tâche est de gagner la guerre. C'est vrai, mais je suis persuadée que cela nous touchera plus de dire que nous allons faire la guerre pour conquérir la paix, une paix qui nous ressemble.

« Nous savons tous ce que cette guerre va coûter. Mais la paix qu'elle va amener est sans prix. En tant qu'Américains, nous avons le rare privilège de décider ce que nous voulons pour nous-mêmes. Nous avons pris cette décision. Désormais, notre tâche est de fournir plus d'avions, d'armes et de navires que le monde en a jamais vu. Voilà ce que nous devons accomplir : donner à nos combattants les moyens de gagner la guerre et d'assurer la paix. Il n'y aurait pas plus grande tragédie que d'envoyer un soldat, un marine, un pilote, à sa mort parce que nous ne lui aurions pas donné les armes pour se battre.

« Je n'ai pas à vous dire ce que vous devez faire. Vous le savez. Achetez des bons. Achetez des timbres. Continuez de les acheter jusqu'à ce que la guerre soit finie ! Ce n'est pas seulement notre devoir, c'est notre droit en tant qu'Américains. Je sais qu'il y a des gens, parmi vous, des hommes, des femmes, des enfants, qui achètent des bons régulièrement, jour après jour, semaine après semaine. Des gens qui apprennent à se priver de petits plaisirs pour obtenir la victoire et la paix. Est-ce qu'un seul parmi vous peut faire moins qu'eux ? Je suis une fille de l'Indiana, et je suis fière que l'Indiana ait été l'État le plus généreux en bons de la Liberté lors de la dernière guerre. Je veux croire que ce sera encore le cas cette fois. Nous le ferons ! Nous avons gagné la dernière guerre, et avec votre aide, nous allons gagner cette guerre ! »

À la fin, elle avait fait un petit pas de côté pour s'éloigner du micro, elle avait lancé l'hymne américain a capella, ses larmes coulaient.

*

Dans la nuit, Will Hays, l'homme du code, l'homme qui avait régi la longueur des baisers et des robes des femmes, le président presbytérien de la Motion Pictures, avait adressé ce télégramme à M. Clark Gable, Encino : « Grand jour ici. Carole a été parfaite. Vraiment, elle a été magnifique. Ils ont vendu en un jour 2 017 513 dollars en bons, pour 500 000 dollars prévus. Tout le monde profondément reconnaissant. Je voulais vous envoyer l'expression de ma gratitude personnelle. »

Dans la nuit, Carole ne parvenait pas à faire redescendre l'adrénaline, elle consommait trois Coca à la fois, un paquet de cigarettes à l'heure, n'arrêtait pas de parler et de rire, et de vouloir rentrer tout de suite, en avion, puisqu'un vol de la TWA décollait à 3 heures du matin d'Indianapolis. Son excitation ni son amour ne pouvaient s'accommoder de la patience, elle avait trois jours de train pour retrouver Gable, départ samedi matin, arrivée le lundi après-midi, ou alors quinze heures d'avion, arrivée à L.A. le vendredi soir. Otto Winkler, l'ami de Gable, et Bess Peters, sa mère, détestaient l'avion et plaidaient pour le train ; Carole avait accepté de jouer à pile ou face et elle avait gagné. Parce qu'elle s'appelait Carole Lombard et qu'elle avait trouvé de la place sur des vols complets, ils avaient embarqué à Indianapolis, à 5 h 39, bien avant l'aube du 16 janvier 1942, dans le vol 3 de la Transcontinental & Western Air qui n'était pas à l'heure. Ils s'étaient arrêtés à Saint-Louis, d'où elle avait envoyé un télégramme à Gable pour lui annoncer leur retard, puis à Kansas City, puis encore à Wichita, deux heures d'attente, avant de s'envoler pour Amarillo, Texas, encore deux heures d'attente, un autre télégramme à Gable pour évoquer une arrivée à 20 heures à l'aéroport de Burbank, puis à Albuquerque où des militaires, prioritaires, avaient l'intention de les faire descendre de l'avion. Carole avait bataillé, elle venait de lever deux millions de dollars pour la nation, elle participait aussi à l'effort de guerre, elle méritait de rester dans cet avion. Elle n'avait jamais haussé le ton, juste souri et regardé les hommes dans les yeux cependant qu'elle suppliait, mais il est bien possible, avoueraient quelques témoins, qu'elle ait glissé dans un bout de phrase qu'elle connaissait Howard Hughes, le patron de la TWA, et c'est ainsi qu'il avait été décidé que trois militaires voyageraient debout. Un officiel avait demandé son poids à chaque passager, il avait fait ses calculs, il fallait seulement refaire le plein à Las Vegas, un arrêt imprévu, à cause de la charge supplémentaire. Le vol 3 de la TWA avait redécollé du désert du Nevada à 7 h 07.

Gable avait pris sa voiture à peu près au même moment, avec Jill Winkler, la femme d'Otto, et Stuart Peters, le seul des deux frères de Carole qu'il supportait. En arrivant à Burbank, quelqu'un avait annoncé une heure et demie de retard, et évoqué un atterrissage d'urgence. Gable disait avoir vécu ça deux jours plus tôt en rentrant de New York. Ils avaient décidé de revenir au ranch, et d'attendre des nouvelles. Mais on avait frappé à la porte avant que le téléphone sonne, et c'était inhabituel à cette heure-là. Voyant Eddie Mannix sur le palier, Gable avait vacillé, il connaissait trop les manières du studio et le rôle de son ami, l'arrangeur des sales histoires et des histoires tristes : l'avion s'était abîmé dans les montagnes peu après le décollage, les secours partaient à la recherche des survivants. Le studio avait organisé un vol privé pour filer à Las Vegas, Gable n'avait pas dit un mot, Mannix non plus, l'arrangeur n'avait que du malheur à promettre et préférait le laisser en suspens, accroché à un fil d'espoir.

Ils s'étaient installés à l'El Rancho Vegas Motor Hotel qui abritait le seul casino de la ville. Mannix était dans la chambre d'à côté, la porte ouverte, Gable grillait toutes les cigarettes qu'on lui présentait mais il n'avait pas commencé à boire, ce serait pour plus tard. D'abord, grimper là-haut, aller chercher Carole.

17

C'est une ligne droite interminable, une route du Nevada, en somme, les accotements sous-baissés sont caillouteux, les cactus sont chez eux, et les boules d'herbes folles poussées par le vent ne font que passer. La ligne montagneuse du premier rang est grise, c'est une couleur douce pour adoucir le bleu du ciel de janvier, quelques nuages semblent avoir été posés là au pinceau.

Les dernières habitations sont essaimées à Goodsprings, juste avant le réservoir d'eau et au milieu de nulle part, d'ailleurs les deux bars s'appellent le Pioneer Saloon et le Ghost Bar, en l'honneur des premiers arrivés et puis des revenants. Ici tout annonce le désert et la montagne. Un peu avant l'aube du samedi 17 janvier, l'équipe de sauvetage, dirigée par Jack Moore et Lyle Van Gordon, un joueur de football américain, part à l'assaut du désespoir. Il n'y a plus un signe de vie, ici, et puis là-bas non plus. C'est un chemin de pierre sur lequel ne passent que les hommes, à pied, et le matériel, harnaché aux mules. Ils avancent dans le froid et la neige encordés à l'espoir d'un atterrissage d'urgence amorti par la poudreuse, avant l'explosion de l'avion. L'altitude les prive peu à peu des arbres et des branches auxquelles s'agrippe leur progression glacée. Ils sont à bout de souffle quand Lyle Van Gordon le premier découvre quelque chose dans la neige, un long fragment gris de métal. D'autres pièces échelonnées au long de la montagne raide brillent aux premières lueurs du soleil. Lyle Van Gordon demande à l'écho s'il y a quelqu'un et la montagne ne lui renvoie que sa question.

L'avion est tombé tout contre l'Olcott Mountain, proche du sommet du mont Potosi, 2 530 mètres d'altitude, au sud-ouest de l'aéroport de Las Vegas. Pour se protéger d'une éventuelle attaque japonaise, les signaux lumineux étaient éteints, la nuit ; le pilote aura perdu ses repères, peut-être.

Lyle Van Gordon aperçoit vite, ainsi que les hommes qui le suivent, la queue de l'appareil plantée dans la neige, éventrée, et aussi les corps de trois hommes en tenue militaire, morts avant d'avoir gelé, c'est du moins le vœu formulé par ceux qui les découvrent. Ce qu'il reste de l'avion et des autres passagers semble accroché à la montagne, en surplomb, tout au long d'un à-pic qui chasse l'idée même d'une vie ou d'une survie possible sur la paroi.

Gable a quitté sa chambre du Rancho Vegas, il est monté dans la voiture avec Eddie Mannix, une demi-heure silencieuse avant d'arriver au rassemblement des sauveteurs, le camp de base de l'espoir déraisonnable. Il veut marcher, combattre l'inévitable et l'attente, et il entreprend de monter, mal équipé, rejoint par le froid et les hommes qui le supplient de revenir dans le monde des survivants. À mi-pente, ils croisent les sauveteurs qui descendent du paysage blanc et mort. Ils lui annoncent qu'ils ont retrouvé l'avion, que d'autres hommes sont là-haut, et ils sont désolés, tellement désolés, il n'y a pas de survivants.

Il faut s'approcher pour distinguer les lignes dentelées où les débris de l'avion ont été repérés. Depuis le milieu de la pente, tous les sommets ressemblent à des tombeaux. C'est un soleil trompeur, il fait très froid et à l'intérieur tout est glacé.

18

Il restait quelque chose au fond de sa gorge dont il ne se séparait plus, une tristesse et un étouffement, et quand il buvait pour faire glisser, c'était toujours là. Ce devait être ça, être étranglé de douleur, ce manque d'air, ce sentiment de chercher à remonter à la surface sans jamais l'atteindre, cette sensation que l'alcool franchissait au goutte-à-goutte la barrière du désespoir, cette impossibilité d'adoucir la peine par les jours qui passent, les nuits qui s'allongent, et même cette manière de ne jamais souhaiter que l'oubli vienne. Ç'aurait été une douleur après l'autre ; avec le temps il finirait par apprivoiser le chagrin originel, ne pas s'en détacher mais revenir aux sources du vide, ce serait sa fidélité. Ils étaient le couple, et il était tout seul.

Aux sauveteurs, la montagne n'avait livré que des linceuls, et l'égalité face à la mort ne tenait pas, parce que certains sacs mortuaires étaient glaçants par leur légèreté même, qui répandait le doute que les parties réunies aient vécu la même existence avant le décollage du vol 3 vers Los Angeles. Il voulait ramener Carole à L.A., et l'actrice avait été localisée au flanc de la roche par un fragment de broche en diamant qu'il lui avait offerte, mais la vérité était que les sauveteurs n'avaient pas pu reconstituer le corps qui avait fait fantasmer les hommes, ce corps de l'Amérique, dont la cicatrice à la joue avait disparu. Gable allait pouvoir ramener par le train, dans un cercueil qui justifiait sa quête et lui permettrait de mettre en terre son amoureuse, l'idée qu'elle n'était plus là mais qu'ils étaient ensemble, cette fois, la dernière fois.

Il portait le fragment de la broche en diamant autour du cou, dans un boîtier avec fermoir, quand il avait enterré Carole Lombard le 21 janvier 1942, cinq jours après l'accident, en même temps que sa mère, Bess Peters, à la Church of the Recessional de Forest Lawn, à Glendale. Là où Carole avait dit adieu à Russ Columbo, là où elle et Gable avaient accompagné Jean Harlow. Autour du cercueil couvert de gardénias et de deux compositions florales représentant le drapeau américain, la cérémonie avait été présidée par le pasteur Gordon C. Chapman. Elle avait duré dix minutes, sans musique, juste une prière, un court sermon, un poème. Huit personnes avaient porté le cercueil de Carole : Walter Lang, Harry Fleischmann, Fred MacMurray, Buster Collier, Nat Wolff, Al Menasco, Danny Winkler et Zeppo Marx. La cinquantaine d'invités à la cérémonie n'avaient même pas vu Gable, resté à l'ombre de son chagrin, dans une autre salle. Les photographes et les fans avaient été maintenus à l'écart du cimetière. Au-dehors, sur la pente douce qui menait vers San Fernando Valley et les vivants, les soldats avaient tiré une salve pour honorer l'effort de guerre auquel Carole avait participé. Plus tard, beaucoup plus tard, au soleil couchant, la centaine de fans qui avaient attendu aux grilles jusqu'au bout avaient vu passer Gable, seul à l'arrière d'une limousine.

Pour tenir debout, pour se tenir le plus droit possible face au vertige, Gable avait doublé la dose de whisky, alterné avec le gin pour l'amertume, mais l'anesthésie sans limites du chagrin ramenait trop vite un autre vertige à la surface. Il fallait arrêter de boire pour avoir une chance de tenir debout, à nouveau, puis recommencer à boire pour supporter d'être là. Pendant qu'il s'interrogeait sur la dernière seconde de conscience de Carole, la lumière de l'explosion, les ténèbres, ou rien, peut-être, il aurait dû se dire que la vie du roi avait été belle, parce que c'était fini, et qu'il allait devoir trouver une raison pour que survive le roi.

*

Il avait hérité de tout, de sa fortune, de leur ranch d'Encino au nom de Carole, d'une chambre comme un mausolée. C'est là qu'il venait la retrouver, sans toucher à rien, pas même un cendrier contenant un mégot marqué de son rouge à lèvres, respirer son parfum, N° 5 de Chanel, chercher un peu de son âme quand il se sentait trop seul, et si une amie de Carole passait le voir pour parler d'elle, il arrivait qu'il lui propose de monter et d'emporter une affaire, une robe, un souvenir. Mais il n'avait apprivoisé ni l'absence, ni sa propre culpabilité. Ceux qui l'aimaient beaucoup le voyaient comme un veuf qui perdait pied face au chagrin et à l'impossibilité de le dissoudre tout à fait dans l'alcool. Les autres répandaient que Carole avait pris le vol 3 pour Los Angeles parce qu'elle le pensait dans les bras de Lana Turner, et certains de ceux-là qui assuraient que c'était faux prétendaient qu'il était avec une autre, en réalité, quand Carole était morte. La méchanceté ne prêtait qu'aux riches et il était le roi.

Les premiers soirs, il les avait passés chez son ami Al Menasco, le King de la voiture de Culver City qui ne lui demandait rien et lui resservait à boire. Très vite, Gable avait retrouvé le chemin de la maison de Joan Crawford. Ils n'avaient jamais cessé d'être une ancienne histoire dont il restait quelque chose dans l'air sitôt qu'ils en partageaient un souffle, revenus l'un vers l'autre au fil de leur vie sentimentale, dans les parenthèses mais aussi dans les interstices, c'est-à-dire à la fois quand leur situation conjugale le permettait et quand elle aurait dû l'interdire. Toujours l'attraction avait été plus forte que les principes.

La veille des funérailles de Carole, Joan Crawford avait reçu un coup de fil de Louis B. Mayer, le patron de la MGM, lui suggérant de ne pas se rendre à la cérémonie, plus de dix années après qu'il l'avait contrainte à rompre avec Gable au prétexte qu'ils étaient mariés tous les deux, mais pas ensemble. Il fallait bien que Louis B. Mayer soit à la hauteur du mot de Carole, qui disait que le B. de son deuxième prénom était pour *Bastard*. Mais quand le soir et la tristesse tombaient, les jours d'après, c'était vers elle que Gable reviendrait. Elle ne raconterait pas tout, mais beaucoup, qu'il buvait un litre de whisky avant de dire bonsoir, qu'il parlait de Carole sans discontinuer, et qu'elle l'écoutait si longuement qu'il lui arrivait de ne partir que le lendemain matin. On ne saurait pas la manière dont Joan le consolait, ou alors on le savait et cela ne comptait guère, ils avaient été intimes avant, ils le seraient encore après, mais la séduction du roi était incertaine. Bouffi par le chagrin, les nuits sans sommeil et l'alcool, il proposait à son amante de toujours une fragilité dont elle ne savait pas quoi faire, elle qui marchait sur les hommes faibles et les choisissait parfois pour leur docilité même. Gable, c'était autre chose, elle avait décidé d'être là pour lui, et puis elle aimait Carole, et puis elle aurait de la classe : alors que Carole Lombard avait signé avant sa mort avec la Columbia pour un autre film, *Embrassons la mariée*, elle avait proposé de la remplacer et d'offrir son cachet de cent vingt-cinq mille dollars à la Croix-Rouge. Quand elle avait appris que son agent avait néanmoins retranché ses 10 % habituels, elle l'avait viré comme un malpropre, qu'il était. Le film avait été écrit pour Carole, c'était de la pure comédie, il fallait rire et elle savait faire aussi, il fallait parler plus bas et elle était devenue plus grave d'un demi-ton, débiter son texte à toute allure n'avait pas été un problème non plus, et pour les pas de danse elle s'était souvenue des concours qu'elle gagnait devant Carole quand elle s'appelait Lucille LeSueur, sur la piste du Cocoanut Grove. Elle se souvenait, aussi, de la première fois, un soir où Joan avait reproché à

Carole quelque danse ostensible, debout sur une table, et que Carole avait répondu : « Madame, je trouve vos manières offensantes, et je vous prie d'aller vous faire foutre. » Il faut souvent une phrase pour déclencher l'amitié.

Joan Crawford tournait à la place de Carole, et Gable avait à faire l'acteur par-dessus la douleur et l'absence, par contrat et par habitude. Le titre de son film était *Je te retrouverai*, bien sûr la MGM l'avait changé immédiatement en *Red Light*, après l'accident, mettant en scène sa remarquable délicatesse, mais bien sûr le studio avait réintroduit le titre original juste avant sa sortie, la période de deuil et de tact était achevée, il fallait songer aux entrées et c'était un titre à tirer des larmes. Gable avait eu un mois pour retrouver ses esprits, c'était une illusion, mais il avait repris le chemin du studio et tournait comme un homme seul, pour la première fois, déjeunant sans compagnie dans sa loge, laissant Lana Turner à distance. Mais, chaque soir de ces mois ténébreux, il continuait de s'arrêter chez Joan Crawford en rentrant chez lui, ou en ne rentrant pas, il lui parlait de Carole et elle lui offrait un peu de tendresse en retour, il était trop tard pour la séduction et l'ambiguïté, ils étaient un vieux couple qui avait déjà visité tous les sentiments et tous les entre-deux. Le reste, de toute façon, n'était pas ce que Joan Crawford préférait chez Gable, elle l'aimait mais même quand il était à jeun elle disait qu'il fallait l'écarter de la chambre à coucher, alors on ne voit pas bien ce qu'elle aurait pu faire de lui dans cet état, quand l'alcool et le chagrin montaient ensemble à marée haute. Le soir, il pleurait chez Crawford et, la journée, prenait Lana Turner dans ses bras, la femme même qui avait poussé Carole Lombard à jouer son retour en avion à pile ou face. Mais Gable ne risquait pas de reporter sa propre culpabilité sur quelqu'un d'autre. Il vivait déjà avec le souvenir comme un poison d'avoir envoyé Carole dans l'Indiana à sa place, et si jamais Lana Turner était coupable de quelque chose dans l'affaire, il était l'autre moitié de cette fatalité. Dans ses bons jours, il imaginait que Carole était revenue en avion non par jalousie mais par amour, et si ce n'était plus tout à fait le même fardeau, cela ne suffisait pas à éclairer les ténèbres.

Puisque tout comptait, surtout de n'avoir pas de scrupules, la MGM avait axé la promotion de *Je te retrouverai* sur « Gable revient à l'écran » et « Lana Turner revient dans ses bras ». Mais *Je te retrouverai*, finalement, sonnait comme une promesse, que Gable s'était préparé à tenir en achetant trois places côte à côte dans le caveau du cimetière de Glendale, une pour Bess Peters, sa belle-mère, une pour Carole Lombard, une pour lui, quel que soit l'avenir. Il l'avait écrit sur son testament, avait décidé qu'il n'y retoucherait pas. Il n'avait plus qu'à attendre.

Je te retrouverai était le dernier film de son règne, son dernier film avant la fin de la guerre. Maintenant, il fallait trouver une raison de survivre, et avec un peu de chance la guerre le débarrasserait de cette obligation.

19

La première de *To Be or Not to Be*, prévue la semaine qui avait suivi le drame, avait été reportée, ainsi que la sortie du film, décalée au 6 mars 1942, moins de deux mois après la disparition de l'actrice. Il avait fallu couper un dialogue, entre-temps. Jack Benny, le rôle principal du film de Lubitsch, lançait à Carole : « *What can happen in a plane ?* » Qu'est-ce qui peut arriver dans un avion ?

La vérité est que Clark Gable se fichait de ce qui pouvait lui arriver, désormais. Il aurait bientôt quarante et un ans, n'avait plus le goût du cinéma ni de rien, avait acheté une moto pour s'approcher du danger, avant de passer deux semaines en février chez un ami, Harry Fleischmann, à se nourrir de vin blanc et à vieillir soudain. Les États-Unis étaient entrés en guerre, et chaque parcelle de son deuil et de sa culpabilité le dirigeait vers ce combat dont il avait prétendu qu'il n'était pas le sien, deux mois plus tôt, mais dans lequel Carole lui avait intimé de se plonger, et par l'un de ses derniers télégrammes encore : « Tu as intérêt à rejoindre cette armée de bonshommes, Pappy. »

L'armée, c'était mieux que tout laisser couler, les larmes, le whisky, une vie de roi, et s'enfermer au ranch pour revoir ses films sur le projecteur qu'elle lui avait offert. Dans ce monde finissant, le sien, il s'était rendu, en juin 1942, aux obsèques de l'icône d'une époque, John Barrymore, qui avait souvent tourné avec Carole pour la 20th Century Fox. Même mort de pneumonie et de cirrhose, le grand acteur était apparu dans une dernière scène : après avoir passé la soirée à boire à son souvenir avec Errol Flynn au Cock & Bull Bar, sans que l'on sache lequel d'eux était le taureau, Raoul Walsh était allé se recueillir sur le corps de Barrymore au funérarium. Mais puisque Walsh avait encore soif, puisque Barrymore n'avait encore rien bu, le réalisateur borgne avait décidé de transporter l'ancien monstre sacré jusqu'au domicile d'Errol Flynn, avec l'idée de continuer à boire à sa santé. Il avait réveillé le valet de Flynn, en lui demandant de l'aide pour porter Barrymore.

« Je crois qu'il est mort, monsieur.

– Allons, vous l'avez déjà vu comme ça… »

Raoul Walsh avait demandé au valet d'aller faire un café fort pour Barrymore, comme d'habitude. Entre-temps, Flynn avait débarqué chez lui, s'était assis dans son fauteuil préféré, et ne s'était aperçu de rien, dans son état, jusqu'à ce que son valet entre dans la pièce en annonçant, voilà le café de M. Barrymore. Flynn s'était enfui en hurlant, et l'histoire était devenue vraie à force d'être racontée.

*

Gable n'avait jamais rien fait tout seul, et ce n'était pas seulement parce qu'il aimait être accompagné, alors l'armée d'accord, mais il valait mieux que la MGM s'occupe de presque tout, à commencer par la renégociation d'un contrat que Louis B. Mayer avait menacé de suspendre face au refus de Gable de retourner sur les plateaux. Le studio s'était ravisé, imaginant que la guerre ne durerait pas et qu'il fallait anticiper le retour du roi, qui au lieu de ses sept mille cinq cents dollars par semaine n'en toucherait que la moitié, sacrée solde pour un soldat. Mais il y avait des conditions, et parmi elles l'escorte d'un autre salarié du studio, le cameraman Andrew J. McIntyre, incorporé le même jour, dans la même unité, engagé volontaire pour ne pas le quitter. Les autres moqueraient le valet du roi, l'ombre de son ombre, mais la MGM le voulait sous une surveillance qui protégerait les intérêts des deux parties. Le studio aurait bien aimé un peu plus de publicité pour l'entrée en guerre de sa majesté, les mêmes foules enamourées qui avaient accompagné l'enrôlement de James Stewart en 1941, mais pas l'armée, qui se souvenait que les femmes avaient arraché les boutons d'uniforme ainsi que quelques mèches de cheveux de l'acteur. L'armée américaine avait donc tenu secrète la cérémonie du serment du soldat Clark Gable jusqu'à ce qu'elle soit terminée, le 12 août 1942 à 14 heures, sous l'autorité de l'officier du bureau de recrutement de Los Angeles, le colonel Malcolm P. Andruss. Il était en costume, une pochette blanche sur le veston, portait pour quelques heures encore sa moustache, bientôt sacrifiée.

Quarante et un ans, c'était un bon âge pour un roi, moins pour un simple soldat, mais tandis qu'il pressentait l'illusion que sa couronne lui soit rendue dès son retour, s'il revenait, il avait décidé que sa moustache repousserait vite, et pour la couronne, on verrait bien. À terme, Gable n'allait pas transiger sur la moustache, l'armée avait besoin de symbole, mais lui aussi.

L'US Army avait exhumé son dossier médical : né en 1901, n'a pas fini le lycée, n'a pas de dents à lui, mais des hémorroïdes, tout l'arsenal du séducteur. Elle lui avait promis, ainsi qu'à tous, soixante-six dollars par mois. Il avait commencé très vite à jouer au soldat, à faire croire qu'il n'était pas trop vieux pour le théâtre des opérations et qu'il s'était résolu à vivre la même vie que les autres, rations et nuits en dortoir, entraînements à ramper dans la boue et rassemblement sous le drapeau dès l'aube. Mais même cette scène de la rédemption, de la quête ultime qui l'aurait rapproché de Carole, était produite par la MGM. Pendant cette interruption des programmes, sa couronne était dans un coffre-fort et les prétendants attendraient la fin de la guerre, c'était plus poli.

Même militaire, Gable gardait autour du cou, dans un petit coffret, les restes du bijou de Carole trouvés sur le lieu de l'accident. Au dos de la plaque indiquant son matricule, au bout de la chaîne grise que portaient tous les soldats, il avait collé la photo de Carole.

L'idée de l'armée et de la MGM restait que le roi ne soit pas un simple soldat, et de Los Angeles il avait pris le train pour l'école des candidats officiers à Miami. À l'arrêt de La Nouvelle-Orléans, la gare avait été prise d'assaut, les femmes ne le laissaient pas repartir, il aurait un jour de retard en Floride. Là-bas la presse l'attendait, quêtait l'image du King avec la boule à zéro, mais le lendemain, après un lever à 4 h 15 et une marche de quatre kilomètres avant le petit déjeuner, il avait négocié la disparition provisoire de la moustache à condition que l'on ne touche pas ses cheveux, du moins pas tous, parce qu'avec le poil ras et le calot de soldat on n'aurait vu que ses grandes oreilles, ce que Gable ne permettait pas, même au nom de l'effort de guerre. La rumeur de ses avantages ou de sa protection ne laissait pas savoir s'il était là pour partir à la guerre ou pour faire semblant, pour donner sa vie ou prêter son image. Il apprenait les cours de l'école des officiers comme il apprenait un rôle, il n'était pas allé à l'école depuis le début de la Première Guerre mondiale et ne comprenait presque rien, mais il apprenait par cœur et les autres rapportaient qu'il récitait tout à haute voix sur le siège des toilettes, on n'est jamais mieux un roi que sur le trône. La nuit, c'était le seul endroit tranquille avec un peu de lumière. Le jour, il faisait comme si tout lui était facile, et même s'il en faisait moitié moins, puisqu'il était Clark Gable, il souffrait deux fois plus et jouait à cacher les atteintes de l'âge, d'un corps abandonné et d'une vie qui baignait dans un deuil impossible et dans l'alcool. L'habitude de jouer des personnages plus jeunes que lui l'aidait à vivre lui-même l'illusion qu'il proposait au monde. Mais quand il montait la garde, les femmes de la base lançaient des baisers ou glissaient un mot dans la poche du soldat qui avait vingt ans de plus que les autres.

*

Il avait reçu ses insignes de sous-lieutenant en octobre 1942, sorti 700e sur 2 600 ; il ne pouvait pas être plus haut placé, tout le monde aurait trop facilement compris, ni beaucoup plus bas, son orgueil l'aurait mal accepté. La MGM avait écrit son discours, filmé par McIntyre, ainsi qu'il était prévu. C'était une scène fugace, et il avait eu d'autant moins de mal à se souvenir de son texte qu'il avait été autorisé à lire sa feuille : « J'ai travaillé avec vous, rampé avec vous, marché avec vous, et j'ai désiré, comme vous, que ce jour arrive. La chose la plus importante, dont je suis le plus fier, est que nous sommes des hommes. Ce qui compte, avec l'uniforme, est la manière dont nous le portons. »

Peu après, il avait repris l'avion pour la première fois depuis la mort de Carole, il lui avait fallu de longues heures avant de se calmer, et c'était une peur étrange pour un homme qui ne savait pas s'il recherchait dans la guerre à venir une raison de vivre ou la possibilité de s'effacer du monde. Il avait fait repousser sa moustache pour s'aider à se retrouver, avait décidé que l'Amérique n'oserait pas la couper une seconde fois, et avait obtenu à Noël 1942 sa première permission, passée au ranch avec quelques intimes.

Il avait reçu à Fort George Wright, près de Washington, au début de l'année 1943, ses insignes de bombardier aérien, ainsi que la description exacte de sa place dans cet univers : 508e escadron, 351e groupe de bombardiers, 1re division de l'air, 8e Air Force. Là-bas, les femmes civiles avaient continué d'être un problème, le harcèlement, les demandes de rendez-vous, les mots doux sur des papiers pliés, si bien que la hiérarchie militaire avait publié une circulaire annonçant que « le lieutenant Gable apprécierait que le public n'interfère pas avec son entraînement. Il souhaite être traité comme n'importe quel autre membre de la base ». Il ne le souhaitait pas vraiment, l'armée américaine non plus, il ne serait pas devenu aussi facilement ni aussi rapidement officier à quarante-deux ans, mais il valait mieux prétendre le contraire. Ses pairs goûtaient peu les privilèges du roi, une fois que la promiscuité l'avait démythifié, alors qu'il avait toujours été le type le plus simple de Hollywood, le moins encombré par son ego, le mieux soustrait à la vanité de la ville de l'image. Du moins, si l'on enlevait son goût de l'argent, ou ses manies d'hygiène, pas un poil sur le corps, cinq douches par jour, à la guerre comme pas à la guerre.

*

Il était toujours Clark Gable, et même en immersion dans l'armée américaine, la MGM ne l'aurait pas laissé sans garde rapprochée. Ils étaient six, désormais, autour de lui, on les désignait comme le *Little Hollywood group*, il y avait là le capitaine Clark Gable, les lieutenants Andy McIntyre et John Lee Mahin, l'ingénieur du son Howard Voss, les cameramen Robert Boles et Mario Toti. Ils s'étaient envolés tous ensemble pour l'Angleterre en avril 1943, s'installant à la base aérienne de Polebrook, près de Peterborough, à deux heures au nord de Londres. Leur mission consistait à réaliser un film sur les bombardiers pour soutenir le recrutement de l'armée américaine, ce qui laissait planer l'ambiguïté de sa position, à l'intérieur ou à l'extérieur de l'action. En Angleterre, il restait Clark Gable en tournée, même dans un autre royaume que le sien, même dans cette base d'où s'envolaient des avions qui ne revenaient pas toujours. Son sens de l'égalité en demeurait aléatoire : pendant qu'il abandonnait à ses camarades tout le chocolat ou les fruits qu'il parvenait à accumuler, il portait un uniforme fait sur mesure dans une boutique de Bond Street. Il y avait peu d'égalité entre lui et ses frères d'armes, ils étaient jeunes, il était vieux, ils passaient leur temps à évoquer leur famille et lui ne s'en reconnaissait plus depuis la mort de Carole. Ils racontaient ce qu'ils allaient faire après la guerre et lui ne voyait rien à l'horizon, trop habitué à se retourner sur son passé pour se souvenir de la lumière.

La cérémonie de remise de ses insignes de bombardier aérien avait été filmée pour être diffusée dans les actualités de toutes les salles de cinéma des pays alliés, pendant qu'une voix off lançait, grave et solennelle : « Prenez garde à vous, monsieur Hitler, Clark Gable se dirige vers vous ! » Sur la radio nazie de propagande en Angleterre, l'animateur connu sous le nom de Lord Haw-Haw avait répondu que Gable était le bienvenu en Angleterre, et qu'il serait très vite le bienvenu en Allemagne. La rumeur avait couru, même, que Goering avait promis une récompense pour la capture du King, et Gable l'entretenait, disait que s'il était pris Hitler l'exhiberait comme un animal en cage, et que, puisqu'il n'avait aucune chance de ne pas être reconnu, il ferait mieux de tomber avec son avion. Personne ne connaissait exactement la part du danger réel et celle de la scénarisation. Ce qui était établi dans sa vie de soldat en Angleterre était plutôt ce qui relevait de sa mythologie ; les femmes s'avançaient vers lui en criant quand il tournait une scène de son film sur la plage, et un sergent de Pennsylvanie, dans un bureau de Londres, lui avait fait signer un jour une pile de documents sous quelque prétexte, avant de les découper avec soin pour vendre des autographes aux Anglaises.

Gable aurait pu, peut-être, vivre la même vie que les autres, aller boire une bière au pub, danser avec une Anglaise au son des cuivres des orchestres, mais il était aussi compliqué d'être au centre de l'attention que de ne pas l'être, dans ces lieux populaires et de grande fièvre. Il répondait plutôt aux invitations aristocrates, retrouvait de vieilles connaissances, une actrice anglaise qui était passée de Hollywood à un beau mariage, ou alors il partait en week-end dans la maison de David Niven, et s'il n'y avait plus une chambre libre à Londres en pleine guerre, passait un coup de téléphone au Savoy, donnait son nom, et l'histoire d'avant la guerre reprenait son cours, avec plaisir, monsieur Gable.

Mais, au fond, il avait autant de principes que de standards, et s'il aimait les draps propres comme les douches chaudes, c'était sa manière d'avoir ses élégances face au danger, auquel il n'avait jamais imaginé se soustraire. Les généraux tremblaient, rapportaient que Gable était fou, qu'il voulait filmer en volant au cœur des missions de bombardement, être un artilleur lui-même, selon sa formation militaire, et ils s'inquiétaient pour leur matricule s'il devait arriver quelque chose au King. Ils avaient parfois le sentiment que Gable cherchait à vivre ou à mourir en héros, au-dessus de l'Allemagne ou ailleurs. Peu importait le pays, c'était le ciel qui comptait.

20

De mai à août 1943, le capitaine Clark Gable avait accompli cinq missions officielles. Le 4 mai, il avait accompagné une escadrille qui visait l'usine Ford et General Motors à Anvers, en Belgique. Tôt le matin du 23 juin, il avait délaissé la caméra, au-dessus du port de Nantes, à bord d'un avion surnommé *The Dutchess*, pour prendre la commande de la mitrailleuse. Le 10 juillet, à bord d'*Argonaut III*, il avait de nouveau volé vers la France pour bombarder la base de Villacoublay ; les nuages avaient contraint les avions à faire demi-tour, mais les Allemands les avaient attaqués, Gable avait survécu au danger, et en descendant de la carlingue il avait eu l'impression que tout sentait la peur, son uniforme, jusqu'à sa peau. Le 24 juillet, les canons allemands n'avaient jamais menacé sa plus longue mission, toujours avec *Argonaut III*, le bombardement d'une usine chimique à Herøya, en Norvège. Le 12 août, dans son siège à bord d'*Ain't It Gruesome*, l'un des trois cent trente bombardiers B-17 partis lâcher l'enfer sur l'Allemagne, à Gelsenkirchen et à Bochum, il s'était placé derrière la tourelle du mitrailleur pour mieux voir le combat aérien, quand une balle avait traversé son casque, au plus près de sa tête. Il s'en était rendu compte en descendant de l'avion en Angleterre, après avoir enlevé son casque ; il y avait quinze impacts sur la carlingue. Vingt-cinq des trois cent trente bombardiers n'étaient pas revenus, aucun avion de son escadron n'était tombé en Allemagne mais l'un d'entre eux s'était écrasé au retour, le bilan de son unité se portait à un mort, sept blessés, ainsi que tous les stigmates invisibles du déluge de feu.

En octobre 1943, le capitaine Clark Gable avait reçu trois médailles, une Bronze Star, et il était rentré au pays avec vingt kilomètres de pellicule pour son film à la gloire des bombardiers des États-Unis. Le général H.H. Arnold l'attendait pour un debriefing au Pentagone, mais pas tout seul. Le jour convenu, Gable était tombé dans un piège qui empoisonnait sa nouvelle vie et sa timidité, toute la presse était là, il lui avait fallu parler en public, lui qui préférait se taire quand il y avait du monde ou murmurer à l'oreille quand il n'y avait presque personne. Mais il avait mieux accepté le barnum que la petite phrase du général dans son bureau : « Pourquoi je vous ai envoyé en Europe, déjà ? J'ai oublié. » Le général avait également glissé à Gable qu'ils avaient bien assez d'images de propagande, qu'il pouvait faire ce qu'il voulait de la pellicule. Ce serait *Combat America*, en 1943, en Technicolor, un film à la gloire du 351e régiment des bombardiers de l'armée américaine, il durait moins d'une heure, sincère mais maladroit. L'US Army n'attendait pas le film, il lui suffisait que Clark Gable ait été un soldat.

Le 12 juin 1944, six jours après le débarquement allié, le major Clark Gable avait demandé à être déchargé de ses fonctions militaires après 670 jours de service et 818 jours de deuil. Hollywood l'accompagnerait jusqu'au moment du générique et des adieux : la signature de ce document qui avait rendu Gable à la vie civile était celle d'un jeune capitaine, Ronald Reagan, qui, deux mois après son meilleur film, *Crimes sans châtiment*, avait été appelé à passer quatre années sous les drapeaux.

Gable était encore capitaine quand il avait été invité à Long Beach, le 15 janvier 1944, exactement deux ans après la mort de l'actrice, pour le baptême du navire militaire *Carole Lombard*. Louis B. Mayer, le patron de la MGM, était là et il avait choisi Irene Dunne pour baptiser le vaisseau. L'image célébrait Hollywood participant à l'effort de guerre, pleurant ses morts et tous les autres, et Gable représentait tout cela à la fois, un veuf de guerre en uniforme de héros, qui saluait un navire au loin et pleurait un amour perdu.

La mort de Carole Lombard le condamnait à perpétuité à vivre avec elle, pour le meilleur, le pire et l'insurpassable. Évidemment il l'aurait quittée, évidemment elle serait partie, mais on ne quitte plus une ombre froide qui ne reviendra pas de la nuit.

21

Quand ils s'écartaient sur son passage, les autres murmuraient voici l'homme, et leur regard croisait le vide pendant qu'il regardait leurs femmes. Ce n'était pas qu'il en ait eu l'autorisation ni qu'il ait eu l'intention de la demander, mais c'était dans l'ordre des choses attendues quand le roi paraissait, et même dans l'ordre du monde. C'était une discipline autant qu'une vocation, de ressembler à l'homme, mais on n'exigeait pas de lui qu'il soit vraiment l'homme, la ressemblance suffisait à tous. S'il avait un peu changé, moins royal, plus humain, la magie éventée par ce teint qui disait l'alcool, les nuits sans sommeil et les conquêtes, un respect du palmarès se dessinait dans cette admiration purement masculine. Les femmes, elles, admiraient le souvenir.

À la fin de la guerre il n'était plus un soldat et n'était pas encore redevenu un acteur. Le temps l'avait aidé à faire son deuil, doucement. Il n'avait jamais conçu la chasteté comme une fidélité, mais pressentait désormais qu'il lui serait difficile de toutes les regarder sans la voir, et qu'il chercherait parmi les femmes celle qui lui ressemblerait, puis encore d'autres femmes qui chercheraient à lui ressembler. En 1945, il voyait régulièrement au moins deux actrices, Virginia Grey et Kay Williams, et celle-là lui avait rappelé Carole au soir de leur premier rendez-vous. Quand il avait fait comme d'habitude, lui suggérant de monter se déshabiller et de l'attendre, elle lui avait répondu d'aller se faire voir, pour résumer, et l'avait plus précisément invité à déféquer dans son chapeau. Il fréquentait également Dolly O'Brien, une comtesse de cinquante ans, riche et plus vieille que lui, ce qui était le signe qu'il revenait aux bases.

Il avait quarante-quatre ans et n'avait plus arpenté son ancien royaume depuis trois années, l'alcool avait épaissi son visage et la Dexedrine qu'il prenait afin de perdre du poids le faisait trembler un peu ; pour les rôles romantiques cela pourrait sûrement passer pour de l'émotion. Louis B. Mayer croyait encore en son pouvoir magnétique. Il lui avait fait signer un contrat pour les sept années à venir à sept mille cinq cents dollars par semaine, le même salaire qu'avant.

Gable n'avait jamais imaginé faire autre chose que l'activité qui le rendait riche et célèbre, donc désirable aux yeux des femmes qui continuaient de vivre. Pendant qu'il préparait son retour, il glissait vers les marges et la fange, dans l'un de ces clubs masculins dont Hollywood entretenait le mythe. Il y avait celui d'Errol Flynn, le Flynn's Flying Fuckers, sexe, voile et alcool, mais Gable rejoindrait plutôt celui de Howard Hawks, le Morago Spit & Polish Club, un groupe de motards assez peu démocrates qui se donnaient rendez-vous à Morago chez Hawks et arpentaient à moto le désert de Mojave. Victor Fleming, le réalisateur d'*Autant en emporte le vent*, était de la bande.

L'ancien roi sortait difficilement de la nuit, il la traversait parfois en roulant à gauche avec trois grammes d'alcool dans le sang, ce qui était le signe qu'il n'avait pas fini de boire, et ce qui lui avait valu de percuter un arbre sur Sunset Boulevard, à 4 heures du matin, en mars 1945, avant d'être évacué vers l'hôpital Cedars-Sinai de Los Angeles. Les arrangeurs de la MGM avaient de beaux restes, ils n'avaient pas perdu la main pendant la guerre, et le studio avait inventé cette histoire: Gable n'avait pas pu échapper à un chauffard ivre qui avait continué sa route sans s'arrêter, et l'on voyait bien là la supériorité de la MGM sur les autres raconteurs d'histoires, parce qu'il fallait être doué de pouvoirs extrêmes pour deviner que le conducteur était ivre alors qu'il ne s'était pas arrêté. C'était une manière de mutuelle pour les acteurs sous contrat, et en retrouvant les plateaux il avait retrouvé cette protection et cette manière de concevoir des scénarios limpides en dehors des heures ouvrables. Trois ans après *Je te retrouverai*, il allait revenir avec *L'Aventure* (1945), tournant avec Joan Blondell, qu'il aimait vraiment beaucoup, et Greer Garson, qu'il détestait. Il n'amenait pas ses conquêtes d'un soir au ranch, à Encino, et ce n'était pas parce que c'était trop loin, là-haut, dans la San Fernando Valley. Sa garçonnière était une suite à l'hôtel Bel-Air, à Beverly Hills. Il était redevenu Clark Gable, toujours convoité, mais parfois une information entamait le mythe au burin, et il se repliait au cœur de ses grands et petits tourments, quittant le plateau du *Retour* (1948) pendant trois semaines parce que la presse avait révélé qu'il appliquait sa pommade contre les hémorroïdes pour cacher ses poches sous les yeux.

Parfois, face à ce qu'il voyait de lui-même dans la glace, ce teint abandonné par le bonheur, ce visage où naissaient les traces de l'alcool et du temps, il se souvenait de sa grâce.

Il restait un acteur célèbre, mais on ne savait plus exactement lequel ni sa place dans la lignée, la guerre avait déposé sa couronne. Il demeurait un homme séduisant, malgré les rides et les premiers cheveux blancs qui ne l'empêchaient jamais de faire visiter le mythe aux femmes qui le désiraient, comme à celles qui ignoraient encore qu'elles en avaient envie. Il tournait un ou deux films par an et dans l'intervalle essayait de vivre. Quand il rentrait de voyage, il venait s'asseoir dans la chambre intacte de Carole, au ranch, mais parfois il partait longtemps. Il avait décidé de passer l'été 1948 en France, s'était embarqué à New York à bord du *Queen Mary* à destination du Havre, le 12 juillet, avait séjourné à Deauville avec le duc de Windsor et Wallis Simpson, les anciennes royautés entre elles savaient se reconnaître.

Son été français serait une carte postale. Après Deauville, quelques jours à Paris, où il avait assisté aux soirées organisées par Elsa Maxwell, matrone mondaine et chroniqueuse des nuits du grand monde, avant de louer une villa à Cannes où il avait séjourné avec Dolly O'Brien. Il avait commencé ses vacances françaises en partageant la table de l'ancien roi d'Angleterre, les poursuivait au bras d'une comtesse plus que quinquagénaire. Considérant ses premiers mariages, il était difficile de savoir laquelle des deux conditions l'attirait plus que l'autre, ou bien s'il envisageait simplement son été français à la lumière d'un compagnonnage assagi. Même si ses fossettes se dégageaient moins nettement de ses joues, même si le gris apparu sur ses tempes confirmait le pressentiment d'un séducteur sur le retour, il restait accompagné, dans chacune de ses apparitions publiques, par l'électricité et la rumeur qui le désignaient à la fascination d'un peu plus de la moitié du monde.

C'était en remontant à Paris qu'il avait reçu un télégramme de son ami Howard Strickling, le patron de la pub de la MGM, lui annonçant la mort de William Gable, son père, le 4 août. Personne ne l'avait vu pleurer, et ce n'était pas parce qu'il ne lui restait plus de larmes depuis Carole. La mère de Clark était morte dix mois après sa naissance, et le gamin aux grandes oreilles était parti vivre chez un oncle avant que, remarié, son père ne le reprenne avec lui. Toute sa jeunesse ce père lui avait répété qu'il n'était pas un homme, ou pas assez, ou pas un vrai, et le rapport de Gable à la masculinité en serait éternellement perturbé. Il lui arrivait de confondre la virilité et l'homophobie, c'était une manière d'oublier quelques expériences tarifées, au milieu des années 20, quand il n'avait rien, besoin de tout, d'un acteur qui l'aide à tourner, d'une femme qui l'aide à dormir. L'obsession de la virilité l'avait poursuivi sur les plateaux, au point d'avoir refusé de jouer dans *Quo vadis* en lançant qu'il préférait mourir que se montrer « dans une putain de jupe ».

Pour ce père avec lequel il n'avait jamais vraiment renoué, quoique Carole l'eût convaincu de lui acheter une maison en Californie, il avait refusé de monter dans le premier avion. Il ne volait plus depuis son retour de la guerre, en 1945, et se tiendrait à ce vœu jusqu'en 1952. Il avait donc repris le chemin de la Normandie puis le premier paquebot transatlantique pour New York, avant de gérer les biens de son père à la mesure de sa tendresse : il avait vendu à perte la maison qu'il avait achetée pour lui et avait jeté toutes ses affaires. Il serait beaucoup plus attristé, cinq mois plus tard, par la mort de Victor Fleming, son copain de chasse, de pêche et de virées à moto, victime d'une crise cardiaque en Californie sur la route de l'hôpital qu'il tentait d'atteindre. Fleming avait soixante-cinq ans, et sa disparition donnerait à Gable à la fois la mesure du temps qui passe et celle du temps qui restait. Carole, c'était une fatalité insupportable, mais un accident, la convergence de sales circonstances, alors que le cœur de Victor Fleming avait simplement fléchi d'avoir trop vécu, et d'avoir vécu exactement la même vie que lui. L'alcool, les nuits trop longues, le tabac que les médecins lui recommandaient pourtant pour le calmer, les femmes plus jeunes que lui et les femmes plus âgées, un rang à tenir et une vieillesse à venir, et donc à cacher, et puis le souvenir de Carole, toujours. Il pressentait qu'un jour son cœur se lasserait de se battre pour deux.

22

Les transformations de son mythe étaient suffisamment pénibles sans qu'il fût nécessaire d'ajouter les bouleversements du monde, sur lequel les studios exerçaient désormais un contrôle partagé avec la télévision. Celle-ci modifiait la soirée idéale de l'homme américain et de la femme qui l'accompagnait, jadis, au cinéma de la ville. La guerre avait fait de lui tout à la fois un veuf, un homme revenu du feu avec un peu de quincaillerie sur la poitrine, et un ancien acteur, que la MGM avait imaginé voir reprendre son histoire au point exact où il l'avait laissée trois ans plus tôt. Mais la vie, la mort aussi, avait brisé cette narration, on ne savait plus si la part de lui la plus séduisante restait Clark Gable ou bien le souvenir de Clark Gable. Il avait été l'homme, puis la moitié du couple américain, mais en approchant de la cinquantaine et d'un âge qui renversait le mythe, grignotait la gloire et soulignait la compulsion, il ne laissait plus savoir si la liste des femmes qui se succédaient à son bras entretenait son image de séducteur ou d'inconsolable. Mais quelque duo qu'il formât, pour une nuit ou plus longtemps, il ne s'approchait jamais de la lumière du couple idéal de l'Amérique et n'aurait que quelques flashes pour arracher son quatrième mariage à la pénombre. Au fil de l'année 1949, ses amis avaient répertorié six femmes dans son aréopage, toujours Virginia Grey, sûrement Paulette Goddard, et pour le reste il lui aurait suffi de choisir celle à laquelle il serait le mieux assorti. Il ne l'avait réussi qu'une fois sur trois, et la statistique allait monter à une fois sur quatre, après qu'il avait épousé lady Sylvia Ashley, un peu avant Noël. Il avait prévenu ses témoins trois jours plus tôt, tout sentait la décision réfléchie et les certitudes au long cours. Sur le papier, il épousait l'aristocratie anglaise et une femme de trente-neuf ans. Dans la réalité, la nouvelle Mme Gable avait quarante-cinq ans, elle s'était fait connaître en posant en lingerie sur des cartes postales françaises, puis en menant une revue à Soho, avant d'épouser lord Ashley, l'héritier du neuvième comte de Shaftesbury. Elle avait décidé de garder le titre après son divorce, puis elle avait épousé Douglas Fairbanks Sr, dont elle avait fait changer le testament à son profit quand le vieil acteur du muet avait eu un pied dans la tombe. Une fois riche, lady Ashley avait pu revenir à l'aristocratie en convolant avec lord Edward Stanley, baron de Sheffield et d'Alderley, et gay, accessoirement, ce qui simplifiait l'organisation de la vie conjugale en posant les bases de l'union.

Gable n'aurait guère été fair-play de lui reprocher ces mariages d'intérêt, après avoir construit sa carrière en choisissant Josephine Dillon puis Ria Langham, tout comme il pouvait difficilement se formaliser des allusions à Cléopâtre qui entouraient lady Ashley, et qui remontaient à la légende selon laquelle la reine d'Égypte avait exercé son art de la fellation sur cent nobles romains en une seule nuit. Mais il aurait pu se méfier, peut-être. La lune de miel à Hawaï, passe encore, c'était le retour au ranch qui l'avait saisi, de simple refroidissement en glaciation. Sylvia Ashley était arrivée à Encino en propriétaire, avec sa propre cuisinière, elle avait évincé Jessie la majestueuse, la préférée de Carole, avait jugé que la maison était petite et insuffisamment luxueuse, et perpétré le crime de redécorer la chambre de Carole, jusqu'alors inchangée. Gable l'avait laissée s'attaquer au mausolée en imaginant qu'il fallait tourner la page, mais la blessure qu'il en avait conçue lui avait fait regretter dans l'instant sa faiblesse. À l'autre bout du couloir, ce n'était plus la chambre de Carole, mais celle d'une fausse aristocrate anglaise qui avait surchargé la décoration de vieilleries et repeint la pièce de rose. Le quatrième mari de lady Sylvia Ashley refuserait d'entrer dans la chambre de sa quatrième épouse. Sinon, elle avait créé des espaces de réception pour ses amis français et anglais qu'elle jugeait infiniment plus distingués. Gable, lui, rêvait de partir à la chasse ou dans une virée à moto avec ses roturiers préférés, qui appelaient gentiment lady Ashley « Lady Ashtray », Madame Cendrier.

Tout cela avait fini par partir en quenouille quand Sylvia Ashley, sous prétexte que son argent était bloqué en Angleterre, avait demandé à Clark Gable de régler l'addition, ce qui était plus hardi encore que le demander en mariage. Au même moment, ou à peu près, la presse populaire qui avait enquêté sur l'Anglaise avait révélé qu'elle cachait une fortune au pays, ce qui avait poussé Gable à la mettre sur le premier bateau en l'enjoignant de revenir riche, ou très peu mariée. Trois semaines plus tard, elle était revenue avec 100 000 dollars de bijoux à vendre, et comme la chambre de Carole était toujours peinte en rose et que la trahison de l'esprit qui flottait dans la maison lui était insupportable, il avait décidé de mettre fin à son quatrième mariage par la manière forte, en changeant toutes les serrures du ranch d'Encino, puis en rendant à la chambre de Carole son aspect originel. Peut-être même avait-il vaporisé un peu de N° 5 de Chanel pour que son âme à nouveau se sente la bienvenue.

Il avait congédié la Cléopâtre de Paddington en racontant à ses copains qu'elle était un chat sauvage au lit mais qu'il devait être saoul le jour où il lui avait demandé de l'épouser. A priori, les deux choses étaient vraies.

*

À quarante-neuf ans, on lui demandait encore d'embrasser Barbara Stanwyck de force à l'écran dans *Pour plaire à sa belle* (1950), mais après son premier film en Technicolor depuis *Autant en emporte le vent*, le western *Au-delà du Missouri* (1951), il avait choisi de revenir au monochrome qui cachait mieux ses rides, dans un autre western, *L'Étoile du destin* (1952) avec Ava Gardner. Il ne tournait pas de westerns du temps de son règne, il lui suffisait d'apparaître et séduire, sans arme, sans Indiens et sans poussière du désert. Sa conception de son charme et de son aura était tout entière contenue dans cette anecdote qu'il racontait lui-même. Il était dans son lit, à l'hôtel, quand une femme de chambre était entrée, s'apprêtant à faire demi-tour en s'excusant lorsque Gable avait lancé, subtil :

« Restez avec moi, mademoiselle, je peux faire quelque chose pour vous...

– Combien ?

– Vous allez coucher avec Clark Gable, cela devrait vous suffire. »

En vrai il ne choisissait pas toujours de séduire. Pour les jours où il ne désirait pas d'ennuis ni de service après-vente, il y avait la maison de passe de la MGM, à deux pas des studios, qui s'accordait à ce vieux fond qui stagnait, et lui faisait penser que payer lui coûtait moins cher.

Ce n'était pas qu'il ait vécu différemment ses périodes d'homme marié et de célibataire, mais après le divorce d'avec lady Ashley qu'il avait négocié comme un contrat de film (10 % de ses revenus de l'année, 7 % des quatre années à venir), il avait repris ses balades à moto avec quelques amis. Sous le prétexte de la vitesse et du sentiment de liberté se cachait « la chasse à la minijupe », c'était le principe même de leurs odyssées. Gable portait foulard et casquette, il voulait conquérir sans être reconnu, mais il lui arrivait, quand la nuit allait gagner et qu'il allait perdre, de surprendre la serveuse aguichée en enlevant son foulard et en révélant son identité. Ce n'était pas une si grave blessure de son orgueil, après tout il avait tout fait pour qu'être Clark Gable puisse lui servir à quelque chose.

Autour de lui son monde s'agitait dans une lumière finissante. La MGM avait évincé Louis B. Mayer, son patron, en 1951, et le contrat de Gable qui courait jusqu'en 1954 courait de plus en plus doucement. Il avait compris depuis longtemps qu'il n'y en aurait pas d'autre, pas comme celui-là, et qu'il vieillirait de film en film, jusqu'au moment où. Sa royauté vacillait, *Ne me quitte jamais* (1953) avait été un four, malgré Gene Tierney, et il ne devait plus que deux films à la MGM à laquelle il appartenait depuis 1931.

Il avait donné son accord pour *Mogambo*, un remake de *La Belle de Saïgon* transposé au Kenya, mais en attendant il avait décidé de faire ce qu'il savait faire de mieux : prendre des vacances en France. En mai 1953, il s'était embarqué pour Le Havre à bord du *Liberté*, deux mille personnes étaient accourues sur le quai pour lui dire au revoir, mais il était possible, tout bien considéré, que certains saluts s'adressassent aux autres passagers, aussi. Il n'avait pas particulièrement ressenti la nécessité de mettre ses affaires en ordre, mais la veille de son départ il avait rencontré pour la première et la dernière fois sa fille naturelle, Judy Lewis, chez Loretta Young, sa partenaire de *L'Appel de la forêt* en 1935 qu'il avait retrouvée dans *La Clé sous la porte* (1950). Personne n'avait révélé à l'adolescente qu'il s'agissait de son père : elle avait découvert l'acteur sur le canapé du salon, en rentrant de l'école, ils avaient discuté pendant une heure, il l'avait embrassée sur le front en partant, et elle ne l'avait jamais revu. Elle aurait à attendre le jour de son mariage pour découvrir ce que tout le monde savait.

Du Havre, Gable avait filé à Paris. On pouvait l'entendre dans une interview à la radio Paris-Inter, et il parlait si mal français qu'il était probable qu'il avait appris ses réponses en phonétique. Comme d'habitude le dialogue semblait signé d'un autre, mais si le naturel manquait le charme était là : « Je suis content d'être de retour à Paris où je n'étais pas venu depuis quatre ans. Je trouve Paris plus beau que jamais, plus souriant que la dernière fois. Je vais rester quelques jours à Paris. Ensuite, je vais tourner en Afrique équatoriale un film qui s'appelle *Mogambo*. »

Plutôt qu'avec une Américaine à Paris il avait entrepris de passer l'été partout avec une Parisienne, Suzanne Dadolle, vingt-sept ans, fine et blonde, ce qui pouvait lui rappeler quelqu'un. Les actualités Pathé les avaient montrés dansant tous les deux place de la République pour le bal du 14 juillet, elle avec une bague au doigt, une topaze, et *France-Soir* avait même évoqué des fiançailles. Suzanne Dadolle était un mannequin de la maison Schiaparelli, née en Turquie, qui avait grandi en Algérie et avait traversé la Méditerranée sur le *Jeanne-d'Arc* après avoir rejoint l'Armée française de la Libération. À la fin de la guerre, elle était devenue hôtesse, du casino de Deauville au Festival de Cannes, et sa jeune carrière de mannequin lui avait fait à nouveau traverser le monde. Partie aux États-Unis en 1951 pour promouvoir des produits du luxe français, décrite par la presse new-yorkaise comme une *ice cool blonde*, on l'avait même entendue dans l'émission de radio présentée sur NBC par Eleanor Roosevelt, l'ancienne première dame. Suzanne lui avait raconté sa jeune vie, comment les officiers de la marine française avaient laissé leur cabine aux quatre jeunes femmes du *Jeanne-d'Arc*, une histoire de l'élégance, et quand elle avait parlé de Paris, Eleanor Roosevelt s'était souvenue qu'elle avait eu froid à la Sorbonne, et qu'elle avait également suivi des cours à Lyon, en sa jeunesse. Suzanne Dadolle n'avait rien dit de bouleversant dans la conversation, mais c'était la conversation qui comptait. À deux années de distance, la Française était passée de la première dame au premier rôle masculin, d'une fin d'après-midi new-yorkaise à un été en Italie.

Gable avait fait durer l'histoire, à son échelle : il avait rencontré la Française en 1951, et avait traversé l'été 1952 en sa compagnie. En ce temps-là, on savait faire simple : il avait acheté en Angleterre une Jaguar en série si limitée qu'il escomptait bien être le seul à la conduire. Il l'avait fait livrer à Paris par bateau, et au volant de cette beauté, Gable et sa Française avaient filé vers la Suisse, l'Italie, trois semaines au lac de Côme, et puis Rome. Ensuite il s'était envolé vers Nairobi, pour le tournage de *Mogambo*, et elle était remontée à Paris, sans engagement mais pas sans souvenirs. C'était un drame de la séduction et de l'indécision réunies : un homme qui fréquentait six femmes au moment de son quatrième mariage devait se sentir quelque peu démuni et s'interroger sur ses critères de choix quand l'heure sonnait d'envisager une cinquième épouse.

23

Rhett Butler avait perdu de sa superbe depuis qu'il finissait plus rapidement son whisky que ses phrases, mais il n'était pas le premier à s'éloigner du bal et à se rapprocher du bar, ni le premier à vivre sur un souvenir et à proposer aux femmes de chercher ce qu'il restait de Clark Gable au fond de ses yeux, si possible en évitant les poches juste en dessous, où étaient entreposés ses bagages. Le principe même de *Mogambo*, une *Belle de Saïgon* en Afrique, consistait, il est vrai, à superposer le Gable de 1932 et son élégance crépusculaire de 1952, et vingt années étaient un sale test quand on avait autant vécu et qu'il fallait raconter la même histoire. Il passait de Jean Harlow à Ava Gardner et de Mary Astor à Grace Kelly, survivant de la première version de lui-même.

Le tournage au Kenya impliquait une expédition dans un pays instable et dangereux où dix mille Kikuyus venaient d'être massacrés. Même le voyage avait été épique, Gable avait accepté de prendre l'avion pour la première fois depuis la guerre, mais l'orage avait contraint l'appareil à un atterrissage d'urgence avant même Nairobi, ce n'était pas un signe du ciel qui pouvait l'aider à repousser ses démons. Le camping, en revanche, n'était pas si sauvage. Sur les rives de la rivière Kagera s'étendaient des bungalows de luxe avec eau chaude et eau froide, une salle de cinéma, un hôpital, une salle de sport, et chaque soir vingt Kenyans en livrée servaient le dîner.

John Ford n'aurait pas de lui-même choisi Gable pour héros. Au-delà de l'alcool, il ne jugeait pas l'ancien roi assez fordien. Il ne supportait pas non plus Ava Gardner, il aurait préféré perpétuellement travailler avec Maureen O'Hara qu'il maltraitait et désirait follement tout à la fois, sans une chance d'infléchir jamais l'actrice d'origine irlandaise aux cheveux de feu. John Ford avait au moins quelque chose d'une compassion pour les tremblements de Gable dus à l'alcool : il avait les mêmes. Un jour que Gable avait vraiment tremblé dans une scène avec Ava Gardner, il avait décidé de garder la prise et la fragilité, ce que personne n'aurait osé du temps de sa majesté. Gable avait désormais l'âge d'avoir à lutter pour tout, même pour préserver sa virilité : le corps notoirement imberbe par-delà sa moustache, sous l'effet de soins constants et maniaques, il avait exigé pour *Mogambo*, comme dans chacun de ses films, que tous les hommes s'exhibant torse nu soient également contraints de raser leurs poils, afin de ne pas attenter par contraste à sa masculinité. Il restait bon camarade, avait menacé de quitter le plateau un jour que Ford maltraitait Ava Gardner, mais la brune savait se défendre toute seule : après que le consulat britannique s'était ému que l'actrice se baigne nue dans une bassine que continuait de remplir un jeune guerrier kenyan, ce qui suggérait que l'indigène voyait tout, elle avait choisi de traverser le plateau entièrement nue, poussant l'indignation anglaise à mieux choisir ses combats.

Ava Gardner était encore mariée à Frank Sinatra, leur couple était une tempête, et le chanteur dans un moment de carrière à marée basse n'avait rien d'autre à faire que s'installer avec elle au Kenya pour s'assurer que Gable, au règne finissant, ne séduise pas sa femme par habitude. Parfois à la veillée ils ne trouvaient rien de mieux que de mesurer leur résistance respective à l'alcool, le duo John Ford-Clark Gable défiait le couple Ava Gardner-Frank Sinatra et les vainqueurs n'étaient pas toujours les mêmes. C'était au cœur d'une soirée semblable qu'Ava Gardner avait répondu à John Ford, qui lui demandait ce qu'elle faisait avec « cet avorton italien de soixante kilos » : « Oh, il y a juste dix kilos de Frank, mais cinquante kilos de bite. »

C'était un voyage au bout d'un autre monde, mais pas vraiment sans retour. Ainsi Sinatra s'était-il absenté deux semaines au milieu du tournage, pour participer au casting de *Tant qu'il y aura des hommes* (1953), et il était tellement fauché que Gable lui avait prêté l'argent du voyage, c'est du moins ce que rapporte la légende et il ne faut pas négliger l'hypothèse qu'elle ait été plus généreuse avec le roi des pinces qu'il ne l'était lui-même. Mais que Sinatra n'ait plus eu un sou en poche ne faisait pas le moindre doute, il avait gagné des fortunes mais dépensé beaucoup plus que cela ; lorsqu'il avait offert à Ava Gardner une bague pour fêter leur anniversaire de mariage, elle avait reçu la note du bijoutier quelques jours plus tard. Sinatra s'était envolé à Los Angeles arracher le rôle qui allait changer sa vie, mais il reviendrait à temps au Kenya pour la soirée de Noël organisée avec faste par la MGM. « The Voice » avait bu, ce qui était banal, mais il avait chanté et ça ne l'était jamais. Parce que évidemment Frank avait chanté comme un dieu, ou un premier communiant, et quelque chose d'une grâce avait traversé le ciel d'Afrique.

En son absence, rien ne s'était passé entre Ava Gardner et Gable, d'autant que la belle était malade. Enfin, Ava n'était pas vraiment malade, plutôt enceinte, mais la communication des studios continuait de confondre les deux états, et il avait été question d'une anémie lorsqu'elle avait rejoint Londres pour dix jours : en revenant, elle avait confié à Sinatra qu'elle avait fait une fausse couche mais elle lui avait menti. Elle avait choisi de ne pas garder son enfant, ne supportait plus son amour jaloux ni ses plaintes ; il était étrange que la MGM ait à ce point contrôlé la vie de ses actrices mais donné naissance à tant de femmes indépendantes qui choisissaient leurs hommes et choisissaient leur vie. Peut-être Sinatra avait-il des raisons d'être jaloux, peut-être pas, cela dépendait de la rumeur à laquelle on prêtait l'oreille. Le plateau de *Mogambo* assurait, à la veillée, que le chanteur avait surpris Ava Gardner et Lana Turner dans le même lit avant de partir, quand d'autres disaient que les deux femmes, amies depuis toujours et qui hantaient volontiers ensemble les nuits de L.A., avaient seulement comparé les exploits sexuels du mari qu'elles avaient eu en commun, Artie Shaw, le chef d'orchestre. Sinatra vivait mal son déclassement sentimental et ne supportait plus le tempérament si libre d'Ava, mais au Kenya, dans ses bons jours, il faisait des pâtes pour tout le monde.

*

Dans *Mogambo*, John Ford filmait un amour triangulaire et la MGM n'aurait pas été choquée d'entretenir l'ambiguïté avec la vraie vie des acteurs en coulisses, puisque la fabrique de l'illusion nécessitait toujours de raconter des histoires. Mais Ava Gardner avait vécu ce tournage avec le fardeau de la vie réelle, morose moitié d'un couple bancal qu'elle s'apprêtait à disperser, sans jamais que ses yeux magnifiques disent le moindre désir en se posant sur Gable.

Il avait passé l'âge de conquérir tous les premiers rôles féminins des films dont il partageait l'affiche, et puis Sinatra était là, et puis les seconds rôles étaient magnifiques, aussi. Grace Kelly l'avait très vite regardé avec les yeux de l'amour, indifférente aux trente années qui les séparaient. Gable partait pêcher avec elle, ce qui n'était pas qu'une métaphore, ne reprochait jamais à la belle d'être incapable de marcher après deux verres, et étirait sa vie éternelle de Clark Gable dans les bras d'une jeune femme blonde, mince, et actrice.

Depuis vingt ans, les femmes de Hollywood vivaient avec la conscience, comme une invitation, qu'il fallait passer par Gable pour devenir une star soi-même, et qu'une aventure avec le roi, fût-il déchu, bouffi et amant hâtif, était l'élément constitutif et indispensable de toute mythologie naissante. Ainsi restait-il quelque chose de Gable, et il n'était pas tellement éloigné de ses manières quand, arrivé à Londres pour les scènes d'intérieur du film, il avait choisi de retrouver sa vie de célibataire, de s'installer longuement à l'hôtel Connaught, de boire, et d'oublier Grace Kelly sitôt qu'il avait appris que Lana Turner était en ville. L'histoire sous l'histoire n'était pas seulement celle de sa lassitude de séducteur après la conquête, il y avait aussi l'arrivée à Londres du chaperon de Grace Kelly, sa mère, et la pression de ce que pouvait attendre de Clark Gable une bonne famille de Boston. C'était une double raison de fuir et il n'avait pas besoin d'autant.

Ils s'étaient revus de loin en loin, s'étaient retrouvés à la cérémonie des Oscars 1954, et un jour elle avait débarqué au ranch d'Encino pour lui offrir un cheval, elle conduisait une jeep en tenue de chasse et casque colonial, les sièges étaient en peau de zèbre, c'était ce qu'elle avait trouvé pour lui dire sa nostalgie du temps passé en Afrique. Elle n'avait plus que trois années d'actrice devant elle avant de devenir princesse et de tenter d'effacer son passé de séductrice, comme si tous les points de vue et toutes les images du monde avaient soudain considéré qu'en épousant un prince une jeune femme perdait le droit d'avoir eu une vie avant. En emmenant Gable à l'autel en 1953, elle aurait eu moins de travail, les traces de son indépendance comme de sa vie amoureuse auraient été explorées plutôt qu'effacées, et elle aurait continué de jouer plusieurs rôles.

24

Puisque la télévision commençait à changer le monde, la MGM s'était mise à compter et à juger que Clark Gable était cher. Le studio ne lui proposait plus qu'un contrat de deux ans, et après plus de vingt et un ans à voir son nom apparaître sur l'écran dans la seconde qui suivait le rugissement du lion, juste après que le silence s'était fait et que les lumières avaient été éteintes, l'ancien roi, qui avait ses fiertés, était prêt à refuser l'outrage et préférer son indépendance. Si la MGM avait su que *Mogambo* serait un tel succès mondial, elle aurait probablement rehaussé le niveau de sa proposition, mais Gable avait accepté l'idée d'arpenter d'autres territoires, il irait d'un studio à l'autre. De toute façon il avait séduit toutes les actrices de la MGM, il vieillissait, elles ne rajeunissaient pas et quelqu'un l'attendait ailleurs, ou quelqu'une, en général cela se passait comme ça.

Il traînait son crépuscule en Europe, de plus en plus souvent, avait renoué avec Suzanne Dadolle pendant l'été 1953, qu'il avait passé en partie dans une suite de l'hôtel Raphael, à Paris, mais le mannequin français avait commis une seule erreur, alors que la presse du cœur relayait les rumeurs d'un cinquième mariage de Gable : elle avait annoncé dans une interview à un journal britannique que l'acteur avait fait sa demande. Il avait nié le jour même en ajoutant que cela n'était pas près d'arriver, et qu'il attendait de rencontrer la femme qui susciterait cette envie. C'était une manière hussarde de congédier la Française, mais chaque confession publique d'une conquête lui était une trahison, et il n'avait pas pardonné celle-là. C'était sûrement, aussi, qu'il s'était lassé et qu'il connaissait peu de façons douces de tourner la page.

Suzanne Dadolle apparaîtrait encore au bras des mondains, du prince Ali Khan à lord Astor, le temps d'un séjour aux Bahamas, et puis soudain elle ne reviendrait plus dans les magazines qui avaient tenu jour après jour la chronique de son idylle, sinon pour écrire elle-même sur les femmes et la mode. Elle s'installerait en Amérique, peut-être pour se donner une chance de croiser Gable par hasard. C'était arrivé au

Beverly Hills Hotel, un soir de décembre 1954 qu'elle dînait avec Hal Hayes, promoteur immobilier et séducteur. Gable était assis à quelques mètres avec l'actrice Kay Williams, et l'embarras remplissait l'espace entre les deux tables : chacun des deux hommes avait vécu une histoire avec la compagne de l'autre. À la fin, Kay Williams était venue saluer chaleureusement, Gable avait fait un signe de la tête, et c'était un adieu.

On reverrait Suzanne Dadolle à la télé française, sur l'ORTF, dans une interview dirigée par le journaliste Jacques Sallebert, en 1963. Lui curieux de la femme américaine, elle assise sur le rebord d'une fenêtre, à un étage élevé, les jambes croisées, dans un tailleur épais qui disait l'hiver, encore belle, le front dégagé, une blondeur élégante et discrète. Dix ans après ses vacances romaines avec Gable, elle était une spécialiste de la mode. Elle pensait que la femme américaine était très conservatrice, qu'elle se rangeait après le mariage, briquait sa maison, portait des gants et que la loi draconienne sur le divorce lui permettait de marcher la tête très haute dans la rue en disant « Je suis une femme », alors que la Française n'avait pas besoin de le dire. Mais Suzanne Dadolle racontait aussi que l'Américaine s'habillait pour la femme et que la Française s'habillait pour l'homme. Elle taisait qu'elle s'était apprêtée pour un roi.

Ledit roi s'apprêtait à quitter son ancien palais avec un cérémonial d'employé de bureau. Un matin de 1954, Gable s'était rendu aux studios de la MGM, avait conduit lui-même sa Jaguar depuis son ranch d'Encino, avait ouvert sa loge, rangé ses affaires dans quelques cartons, surchargé le petit coffre de sa voiture ainsi que le siège passager, et laissé derrière lui l'ancien monde qui l'avait couronné. Il avait descendu Sunset Boulevard, filé à la plage, au bord de l'océan, avec une bouteille de whisky. Elle lui serait une compagne parfaite, il n'aurait même pas besoin de la ramener à la maison.

*

Sur le front des films et des femmes s'écrivait la même histoire. Il avait signé avec la 20th Century Fox de Darryl Zanuck pour deux films et huit cent mille dollars, plus 10 % sur les bénéfices, et sinon butinait de Virginia Grey à Anita Colby, une quadra blonde et élégante qui lui rappelait quelqu'un, et si la ressemblance avec Carole n'était pas le premier trait ni le seul attrait qu'il recherchait chez une femme, c'était toujours là qu'il revenait. Mais il voyait large, agrandissait son horizon sitôt qu'il en avait l'occasion.

À cet instant de leurs vies respectives, ils avaient tous deux des bagages. Kay Williams avait été Kay Spreckels, son mari s'appelait Adolph, héritier à la main leste d'une fortune du sucre d'origine allemande, et le surnom de leur fils était « Bunker », ce qui était particulier pour un enfant également prénommé Adolph, comme son père. C'était un clin d'œil peu regardant, une référence au lieu du dernier souffle de l'Adolf le plus célèbre du XXe siècle, mais grandir en s'appelant Bunker, au fond, était peut-être préférable.

Gable avait le choix, parce que Gable avait toujours le choix, mais celui-ci avait des airs de sursaut au milieu du chaos sentimental. Sa cinquième femme serait donc Kay Williams, dont le palmarès conjugal et périphérique était assez considérable, aussi, ce qui rendait plus facile le pacte implicite de non-agression sur les femmes et les hommes du passé. Ils avaient convolé à Minden, Nevada, en juillet 1955, tout le monde trouvait que le couple était assorti et ce n'était plus arrivé depuis Carole. Kay n'avait rien voulu changer au ranch d'Encino, avait seulement demandé que la salle d'armes soit fermée à clé pour protéger les enfants. Gable était marié à une blonde calme et devenue tranquille, qui n'était pas rétive aux mondanités mais appréciait les soirées à la maison quand l'ancien roi sortait le projecteur pour montrer ses vieux films aux enfants, et les invités de passage assuraient qu'il refusait d'arracher *Autant en emporte le vent* à la poussière.

Il n'était pas qu'un souvenir, on le voyait encore dans les salles du pays, avec Jane Russell et Susan Hayward en 1955, avec Eleanor Parker en 1956, mais son prestige et sa séduction subissaient l'érosion de ses mauvais choix, de ses mauvais films, et le plus mauvais était peut-être *L'Esclave libre* (1957), pour quelqu'un qui ne voulait plus être défini par *Autant en emporte le vent* ni même le projeter dans son salon, les thématiques se croisaient, la volonté de toucher l'héritage était visible à chaque plan large, chaque musique grandiloquente, et il avait fallu passer des semaines en Louisiane. Parfois on aurait dit que Gable n'avait plus que deux attitudes, quand il embrassait une femme et quand il ne l'embrassait pas.

*

Il avait perdu Carole depuis plus de quinze ans maintenant, mais elle était encore assez présente pour qu'il renonce à vendre le ranch, à un moment où il envisageait de s'installer à Palm Springs avec Kay et les enfants. Son cœur tressautait, souvent, et il se disait qu'il avait été plus usé par l'alcool et les cigarettes que par le sentiment, mais au fond personne n'en savait rien, il aurait fallu faire le tri le plus juste entre ce qu'il montrait et ce qu'il cachait, et il n'était pas si mauvais acteur. C'était à ce moment-là qu'il était mort à l'écran pour la troisième fois seulement de sa carrière, dans *L'Odyssée du sous-marin Nerka* (1958) ; mourir en héros n'était pas donné à tout le monde et ses perspectives se limitaient à la première partie de la proposition. Les médecins qui examinaient l'enveloppe mortelle de l'ancienne royauté s'inquiétaient un peu, il avait sans doute fait des petites attaques en jouant au golf, le récit de ses malaises et de ses fatigues correspondait, alors voilà : cher monsieur Gable, il faudrait que vous arrêtiez l'alcool, les cigarettes aussi, et que vous vous reposiez un peu. Il aurait fallu, sûrement, mais à cinquante-neuf ans, on lui demandait de jouer avec Sophia Loren, dans *C'est arrivé à Naples* (1960), ils avaient trente-cinq ans d'écart, et elle avait quand même fini dans ses bras. Enfin, dans le film, parce que sinon Sophia Loren vivait déjà avec le producteur Carlo Ponti, tandis que Kay et les enfants avaient suivi Gable en Italie, Rome, Naples et Capri. Le souvenir du Gable irrésistible et animal se visitait mieux à la télévision, désormais. Il avait quand même perdu une quinzaine de kilos avant de déambuler en séducteur des bords de Méditerranée, lunettes de soleil et chemisette cintrée, mais ce n'était ni pour Sofia, ni pour le film, même si l'idylle en avait été un peu plus crédible, parce qu'il seyait mieux au scénario que Gable ne se montre pas à mi-chemin d'Errol Flynn et de Charles Laughton dans des chemisettes d'été sur les plages de Capri. Non, s'il avait eu soudain besoin de prendre soin de son corps épaissi par l'alcool et les nuits à ne pas dormir aux côtés des femmes, c'était pour signer un contrat dont on menaçait de le priver. Jusque-là, il avait toujours expédié les visites médicales d'un simple autographe, mais cette fois, à l'approche de son prochain film, *Les Désaxés* (1961), c'étaient les médecins qui refusaient de signer, et les assurances qui renâclaient à l'assurer. Pas dans cet état, pas dans le désert, pas avec ce cœur qui ne battait plus comme il avait battu. Le film présentait déjà un drôle d'équipage, c'était un coup à se ruiner en polices d'assurances et à n'être sûr de rien. L'écrivain Arthur Miller avait écrit le scénario pour sa femme, Marilyn Monroe, noyée dans ses amours et ses addictions tumultueuses ; le réalisateur, John Huston, détestait à peu près tout le monde ; et Montgomery Clift ne s'était jamais remis d'un grave accident de voiture, quatre ans plus tôt, en surplus d'avoir à cacher qui il était vraiment, et donc la plupart de ses amants. Alors, il fallait ménager le cœur de Gable qui avait beaucoup servi, et si l'acteur n'avait pas accepté d'affiner sa silhouette pour le film ni pour l'idée de son art, il l'avait consenti pour les sept cent cinquante mille dollars qu'allait lui verser United Artists, et puisqu'il fallait surveiller son cœur, il y mettrait du sien. Il avait placé dans son contrat que ses heures de travail s'étendaient de 9 heures à 17 heures, après quoi il débarrassait le plateau, rentrait à l'hôtel ou bien dans sa caravane, il l'avait vu faire à Marlene Dietrich à ses débuts, trente ans plus tôt, et il s'était toujours dit qu'il ferait comme Marlene quand il serait grand. Il avait perdu quinze kilos et il avait presque bonne mine quand il s'était présenté, le premier jour, sur le tournage des *Désaxés*, le 3 mars 1960. Il avait un peu bégayé aux répétitions, une double calamité, mais il s'en fichait, et finalement ne s'entendait pas si mal avec Monty Clift, qui arpentait le tournage avec son amant français et ne se formalisait pas de toutes ses mauvaises blagues sur les « fiottes » de Hollywood, dont Gable faisait le recensement. Un jour que Gable se plaignait qu'il oublie son texte, Monty lui avait dit de poser son dentier puis d'embrasser son cul, et cela lui avait rappelé quelqu'un.

25

C'était donc ça, l'Amérique. Feu le roi, essoufflé dans le désert, acteur aux heures ouvrables, baisser de rideau syndical à 17 heures. Un ancien jeune premier tourmenté, qui avait à cacher la moitié de sa vie mais partageait volontiers la fiole magique qui le tenait debout, jus d'orange, vodka et barbituriques. Et Marilyn, l'objet du désir des hommes, déjà perdue, à qui il fallait des heures pour se réveiller à force de s'assommer de Nembutal, qui passait la journée avec sa coiffeuse, sa maquilleuse, sa doublure, sa masseuse, sa costumière, sa coach voix, et sa coach dramatique, Paula Strasberg, tout cela pour émerger à peine avant 17 heures, au moment où Gable allait partir.

Il sentait son cœur en cavalcade qui cognait trop fort pour son écorce sèche, sa poitrine était une caverne d'où remontait l'écho de ce qui lui restait de vie. Il était une ancienne royauté qui avait glissé de son trône, son sceptre était tombé avant lui.

Il se souvenait des vertiges qui n'étaient pas dus à l'alcool. Il se souvenait des regards, et aussi qu'ils avaient changé. Il avait continué de jouer après Carole, de plus en plus mal, mais ici, dans ce désert où la chaleur l'étreignait comme un baiser de mort, il était enfin parvenu à s'oublier, à composer un personnage qui ne soit pas lui, c'était sa manière de hâter son crépuscule. Il avait gardé l'ancienne habitude de cette main qui vérifiait ses cheveux, qui lissait sa moustache, de ce doigt qui glissait sur ses dents qu'il avait eu bien raison de faire refaire en 1929. Son visage un peu bouffi cachait ses fossettes, il en restait deux traits de séduction, deux fossiles sur un masque de cire, il fallait qu'il force son sourire pour que les autres se souviennent de ce qu'il avait été.

Quinze ans plus tôt, Marilyn aurait fini dans son lit et on aurait commencé à l'heure. Elle n'était pas de sa famille, il avait pourtant connu quelques blondes. Et puis Monty Clift parfois l'inquiétait, ses fragilités le mettaient mal à l'aise, il se souvenait des failles et des garçons. John Huston avait amené ces fantômes dans le désert, Gable retournait à la poussière et n'en reviendrait pas.

*

Ils étaient tous des maîtres de l'illusion, Monty Clift avait dit à Gable que Marilyn avait conservé une photo de Rhett Butler dans sa chambre pendant des années, tandis que sa cour assurait à la blonde que Gable était amoureux d'elle, tout comptait dans les tentatives de la faire arriver, sinon à l'heure, du moins à une heure où l'on pouvait encore tourner et où Gable était encore là. La vérité était qu'il n'était pas intéressé par cette fille, il disait aux autres, tu te rends compte, elle dort nue, elle mange dans son lit, elle prend peu de bains, elle ne porte jamais de culotte, et quand elle n'est pas en retard c'est parce qu'elle ne vient pas, et quand elle arrive elle oublie son texte.

Il n'y avait pas de scène de lit entre eux, sinon une scène coupée où Marilyn est nue sous une moitié de drap devant Gable. Face aux vingt-cinq ans d'écart, John Huston avait évité la confrontation des deux corps de l'Amérique, et Arthur Miller aussi, qui avait écrit et réécrit le scénario sans jamais avoir cessé d'être le mari bientôt divorcé de Marilyn. Mais leur relation finissante donnait une certaine idée de l'enfer, tous les jours ils criaient et elle prenait trop de barbituriques. Leur film avait été bancal dès le départ, quand Marilyn avait menacé de refuser de le tourner parce que son mari ne voulait pas écrire un rôle pour son amant, Yves Montand, mais le temps de finir le tournage du *Milliardaire* (1960) et d'un adieu sur la banquette d'une limousine à l'escale de New York, Montand était rentré à Paris rejoindre Simone Signoret.

Gable avait terminé le tournage des *Désaxés* le 4 novembre 1961. Sur certains plans, en noir et blanc, il figurait un masque de cire de lui-même, déjà figé. Son dernier dialogue à l'écran parlait d'aube, pourtant, plutôt que de crépuscule. Marilyn lui demandait comment retrouver sa route quand le soleil se lève, il répondait qu'il fallait suivre une étoile, que la route était juste dessous, et qu'il les emmènerait là-bas.

La caméra coupée, il l'aurait plutôt suivie pour être sûr de partir dans l'autre direction, et le lendemain de sa scène finale, il avait retrouvé John Huston et le producteur du film, John Taylor, pour déjeuner. L'après-midi venue, il s'était senti mal. La grippe, sans doute, il s'était couché. Le lendemain, une forte douleur à la poitrine l'avait traversé, une indigestion, peut-être, un peu de repos et il n'y paraîtrait plus.

Le jour d'après, une nouvelle douleur à la poitrine l'avait saisi, et cette fois Kay avait appelé le docteur, qui l'avait mis sous oxygène avant l'arrivée des pompiers qui à leur tour avaient sollicité une ambulance. La chaîne des décisions avait été très lente mais Gable était vivant en entrant à l'hôpital presbytérien de Hollywood avec sa thrombose coronaire. Les médecins avaient annoncé que les quarante-huit heures à venir seraient décisives, l'hôpital avait reçu des milliers de cartes et de messages, on disait même que le président Eisenhower lui avait envoyé un télégramme pour lui demander d'être sage et de bien écouter ses docteurs.

L'idée était que chaque jour qui passait le rapprochait de la vie, et après une semaine d'hospitalisation, l'amélioration était assez sensible pour qu'il soit décidé de lui enlever le moniteur cardiaque et que Kay cesse de dormir à son chevet. Dans la soirée du 16 novembre, après qu'ils avaient partagé le dîner d'hôpital, elle l'avait laissé à sa lecture, avait embrassé l'ancien roi assis dans son lit, et lui avait souhaité bonne nuit avant de rejoindre sa chambre de l'autre côté du couloir. Quand elle était revenue le voir, moins d'une heure plus tard, il était toujours assis, son livre avait glissé de ses mains et il avait les yeux fermés.

26

Il faisait beau temps sur Los Angeles, le 19 novembre 1960, quand les limousines noires avaient glissé vers la colline du cimetière de Forest Lawn, à Glendale. Les volontés de Gable : un cercueil fermé pour échapper définitivement aux flashes des photographes, pas d'hommage, une absolue simplicité, que tout soit fini en quinze minutes, puisque tout était déjà fini. Un aumônier de l'US Air Force était venu lire quelques psaumes, on avait joué des valses de Strauss et une partie de ses amis dans l'assistance avaient pensé à une dernière blague. Neuf d'entre eux avaient porté son cercueil, des acteurs, Robert Taylor, Spencer Tracy, James Stewart, les gars de la MGM, Howard Strickling, le patron de la pub, et Eddie Mannix, l'arrangeur, celui qui savait le plus de choses sur une vie royale.

Gable n'était pas mort le bon jour, le Grand Mausolée où il devait s'allonger aux côtés de Carole était en travaux, il avait fallu conserver la royale dépouille pendant quatre jours dans une chambre froide, avant que Kay et quelques proches ne reviennent le voir se glisser, dans une salle en contrebas de la nef principale, dans le caveau qu'il avait acheté lui-même en 1942. Kay le rendait à Carole, elle avait eu les dernières années mais lui abandonnait l'éternité, après n'avoir jamais rien fait pour effacer ses traces, et puis elle portait le fils du roi, en surplus d'une culpabilité que les autres femmes lui assignaient. Joan Crawford reprochait la mort de Gable au monde entier, affirmait que Marilyn l'avait tué, et elle tançait Kay de n'avoir pas emmené Gable à l'hôpital dès la première alerte, Joan Crawford l'aimait depuis le premier jour et elle qui avait fait tant de mal aux hommes lui avait toujours fait du bien. Gable était resté un sujet de conversation dans sa vie, quelles que fussent les circonstances; un jour qu'elle avait entrepris de retourner Rock Hudson, duquel elle était parvenue à s'approcher, nue, sous la douche, elle lui avait murmuré à l'oreille la formule magique: « Imagine que je suis Clark Gable. »

Longtemps après, dans une interview en direct à la BBC, elle avait semblé hésiter un instant, un soir que son hôte lui demandait ce que

Gable avait de plus que les autres hommes, puis elle avait murmuré qu'il en avait, et elle avait même prononcé le mot.

Autant emporter son dernier film dans une légende funèbre, ne pas s'effacer du monde seul, mais au bras de la malédiction : alors que Gable avait disparu moins de deux semaines après la fin du tournage des *Désaxés*, Marilyn était restée un an sans tourner, ensuite, avant sa mort à l'été 1962, et Monty Clift avait continué de descendre aux enfers, mort prématurément, lui aussi, en 1966. Le film était sorti sur les écrans le 1er février 1961, deux mois avant la naissance du fils de Kay et Clark Gable, John Clark. Marilyn avait été invitée au baptême pour atteindre à une paix des temps sombres, une accalmie dans les soubresauts de la fin d'une histoire qui glissait vers la nuit.

En dehors d'un rôle dans un mauvais western à l'âge adulte, John Clark apparaîtrait dans les journaux qui avaient chroniqué la gloire de son père le jour où il avait vendu pour six cent mille dollars l'oscar que Clark Gable avait reçu pour *New York-Miami*, le seul oscar d'une vie de roi. À ceux qui murmuraient la trahison, il aurait pu défendre l'idée d'une certaine fidélité aux valeurs de son père.

En 1973, Kay avait fini par céder le ranch d'Encino pour un million de dollars. Gable était parti depuis douze ans déjà, et il s'était passé trente et un ans depuis que Carole Lombard avait disparu en voulant rentrer à la maison le plus rapidement possible.

*

Il ne faut plus chercher un ranch pour trouver la maison. Pour remonter la trace de Carole et Clark, il faut traverser Hollywood, regarder les films, fouiller les archives et suivre un GPS. Le cimetière de Forest Lawn à Glendale se mérite, au nord de Los Angeles. Le plan des tombeaux est un *Who's Who* de l'industrie du divertissement à cheval sur deux siècles. Il faut s'élever un peu depuis la route, parcourir ce silence en pente douce, ces dalles du souvenir alignées dans l'herbe, pour parvenir au mausolée. Ensuite, entrer dans le lieu désert mais gardé, descendre dans la crypte, trouver facilement la tombe de Russ Columbo, mais passer sous une corde en calculant la ronde du garde pour se glisser dans la chapelle où Carole Lombard-Gable et Clark Gable sont côte à côte, chacune et chacun une plaque de bronze aux lettres dorées accolée au mur marmoréen, chacune et chacun deux vases de bronze effilés où viennent les marguerites aux jours anniversaires, chacune et chacun deux dates, deux lignes de vie. Elle s'était dépêchée de le retrouver et elle l'avait attendu plus de dix-huit ans.

De Glendale, il faut reprendre l'autoroute, au-delà de Griffith Park, longer les studios de la Warner et Universal City, sortir à la hauteur de Sherman Oaks. Le ranch d'Encino est une belle propriété entourée de peu de terrain. On la devine par-dessus la palissade entre les arbres. Le vaste horizon de jadis est devenu un terrain constructible, puis un lotissement de luxe baptisé Clark Gable Estate, situé Tara Drive, du nom du domaine d'*Autant en emporte le vent*. C'est une ruelle qui donne sur Ashley Oaks, en hommage à un autre personnage du film, en aplomb de Ventura Boulevard, dans la pente et sous les arbres. Par beau temps, le matin, on peut imaginer Clark Gable franchissant le portail, à bord de sa Lincoln Zephyr avec chauffeur, ses scènes du jour sous le bras, la veille de son mariage avec Carole Lombard.

Cet ouvrage a été composé
par Maury à Malesherbes
et achevé d'imprimer sur Roto-Page
par l'Imprimerie Floch, Mayenne (53)
pour le compte des Éditions Stock
21, rue du Montparnasse, 75006 Paris
en février 2021

Imprimé en France

Dépôt légal : janvier 2021
N° d'édition : 03 – N° d'impression : 97725
51-51-2660/9